女性五人诗

人民文学出版社

图书在版编目（CIP）数据

女性五人诗/人民文学出版社编辑部编. —北京：人民文学出版社，2017
ISBN 978-7-02-013529-5

Ⅰ.①女… Ⅱ.①人… Ⅲ.①诗集—中国—当代 Ⅳ.①I227

中国版本图书馆CIP数据核字（2017）第284139号

责任编辑　王　晓
装帧设计　刘　静
责任印制　任　祎

出版发行　人民文学出版社
社　　址　北京市朝内大街166号
邮政编码　100705
网　　址　http://www.rw-cn.com

印　　刷　天津千鹤文化传播有限公司
经　　销　全国新华书店等

字　　数　91千字
开　　本　890毫米×1290毫米　1/32
印　　张　10.625
印　　数　1—5000
版　　次　2019年1月北京第1版
印　　次　2019年1月第1次印刷

书　　号　978-7-02-013529-5
定　　价　59.00元

王小妮

翟永明

蓝蓝

蓝瓒男

周海男

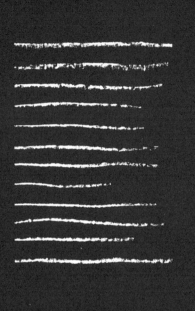

王小妮 001

翟永明 049

蓝　蓝 133

周　瓒 207

海　男 283

女性五人诗

王小妮

满族，生于吉林长春。出版诗集有《我的诗选》《我的纸里包不住我的火》等多部，另有多部散文随笔选集，以及长篇小说面世。

王小妮的诗

月光（组诗选十首）　003

你找的人不在　011

春天　012

三月十三号满天的风　014

到白沙门去　015

码头一带的船叫　016

杀一颗火龙果　017

卖木瓜的女人　018

那人正砍开椰子　019

一个黄昏　020

十二月的天空太低了　021

荷塘（组诗）　022

十枝水莲　030

在重庆醉酒　039

月光（组诗选十首）

绞刑

云彩很多。

仰头时想到了绞刑

蒙眼布和绳索，有缝隙的活动踏板。

我仰头，等着最后的扑通一声

你们谁来动手？

心跳，脚能探到的全是向下的台阶

真不是什么好感觉。

月亮还隐约吊在高处

真是平静，已经死过，已经凉了。

今夜该轮到哪个

行刑人在暗处抻他的皮手套。

黑漆漆厚云彩翻卷

扑通一声。

执 灯 人

月光正来到这孤独的海岛。

连绵的山头一个个亮了

一个个胖墩似的执灯人

一个接一个慢吞吞地传递

看上去那灯很有些分量。

守在窗口，隔一会，忍不住看一眼

那浩浩荡荡的光明队列

好像和我有关

好像我还有机会加入

好像我也有机会去端一下那高处的光亮。

好像还懵懵懂懂有妄想。

在十九楼天台上

丰盈的光的池塘

送我白衣裳。

今晚的光亮就停在人间第十九层。

城市实在太亮太眩了。

小地方的来客

独自旅行的月亮还没进城就紧张。

幸好我在这儿等它。

台上有糯米酒

草蒲团下压着野菊花

我们盘坐，只说小酒馆里的故事

半明半暗里那么多的蒙面英雄。

乌云密布压到了地

月亮偶尔挤出来

立着，寒光挑开众猛兽。

云的厚皮被剥落

嚯，有黑有白。

从古到今，每年每月

那耀眼的复仇者占据制高点

在人不可接近的地方依旧伤人。

乡村里有人走出

月亮正被遮住，他紧跟着灭了

多骨头的脸上有青光

两只粗手下沉

满满的提的是乌云的肉。

今夜我出门在外

深一脚浅一脚

不得不穿过众多失血的尸体。

乌云里藏着刀哦，想不害怕都不行。

去上课的路上

月亮在那么细的同时，又那么亮

它是怎么做到的。

一路走一路想

直到教学楼里电铃响

八十三个人正等我说话。

可是，开口一下子变得艰难

能说话的我去了哪儿。

也许缺一块惊堂木

举手试了几次，手心空空。

忽然它就出现了

细细的带着锋利的弧度

冰凉的一条。

今晚就从这彻骨的凉说起。

菠萝熟了

喂，月亮，早听说你的威力
现在，你跑到我眼前
安静又辽阔地照进了这片菠萝地。

刺猬们列队享受月光浴
甜蜜的墓园
一片灰白。

我心惊胆战
失败者竟然都活着
能闻到菠萝毛刺的气味。
满心的害怕，横穿过这遍地骷髅
它们鼓着，个个都受够了
个个都等着爆出来。

凌晨蛙叫

池塘上
这么多亮片，这么多流光

蛙们争着探出水面

拿额头撞空气。

月光散漫，出卖这些不睡觉的哑嗓子

四爪暴露，胸脯鼓起

两腿有弹簧。

水影儿给搅得好污浊。

破了的荷叶下

四处有埋伏

月亮趁乱照到了池塘的身体。

睡得太沉了

水里鼓着他的白内衣。

这群蛙一直吵着疲惫的杀手

催他天亮前要动身。

仇　恨

没有月亮的这一夜，什么都出来了。

太白星和大熊星座

神仙和猛兽远远地躲着喘气。

一个念头

草棚下走出蓬头的少年。

喷水磨刀，月黑风高
拇指再三试过那一条光
猛地起身，白晃晃的什么也不怕。
究竟是什么仇哦
等不及披件素白衣
等不及月光照上红土路。

被卡住的感觉

黄的月亮
卡在烂尾楼和乱电线之间
熟透的木瓜
无论如何都被擎着，不给它落地。

着急的黄，明艳的黄
就要烂在空中
吐出鱼眼般的种子
鱼群正想去天空中游水。
城市带点鳞光，人间全是皱纹
哦，卡住了

不死不活好难受。

刺 秦 夜

一切都要赶在月出以前。

没人发现他
松林慢慢拉下黑面具
荆轲也许就在左右。
不知道这一刻
他投下多少挎刀的影子
大地紧闭，按紧了勇武的心。

银光高升，月亮蹦出来
树的血管条条透白。
今晚月光沉
快被压断气了
几千年的灰土
使劲使劲一阵拍打。
没心喊什么荆轲
趁黑动身的，谁不是孤身一人。

你找的人不在

他根本不在。

其他的都在，只是你要的不在。

有东风进来

有小昆虫进来

星光像刚刚磨碎了的面粉。

西红柿成熟了的橙黄色进来。

海马从落地窗最低的缝隙间游进来。

陌生人经过，不知名的烟草香味透进来。

我这儿从来没这么满过。

什么都有，什么都不缺少

温暖和友善们四处落座。

我们不在同一个世界

四月是隔绝的屏风

所以，你只有原路退回

你找的人他绝不会在。

春
天

终于领到了决战令的将军
我一直一直向远处走。

风，这四条腿的随从
手举令箭的士卒们
一股接着一股，无穷尽的队伍
春天的战线必须很长。

从二月到三月
由北向南，风的季候鸟
我充当那些自由战士突前的眼睛
我也掌握一次春天的方向。

四月我不要，接近四月的全都丢掉。
艾略特早把四月用坏了
苦闷的英格兰还冷得很。

我要的是上下全新的这个春天
有劲儿地行进，不管前面是什么，只要走。
早晨见到树林里的堂·吉诃德

他说，他的马快顶不住了，这股勇猛春天的风。

我说，西班牙人，还是徒步痛快

我们一起吧。

三月十三号满天的风

海岛竖起来

全身的羽毛都兴奋。

威力倾斜着从海那边跳舞过来

玻璃在咬牙。

一直一直一直

什么都做不下去。

站着，看今天的风

看这成群的流寇中，有没有夹带一两个英雄。

到白沙门去

海，死一样顶住了沙子的门
染成灰蓝的头发，电了大大小小的波浪。

风的刀斧手正按住海的脑袋
让它的脸面再三沉进地心。
什么人在沙上一遍遍走过
生怕那个扁平的大家伙忽然把水鼓动起来。

沙子的脸，对着望不到的土地
叫广东和叫大陆的地方。
到白沙门平时只是看看海
看一刻不停的手起刀落。

码头一带的船叫

深夜里听见船叫，像一根钢管在叫。
又短又粗壮的钢管
纯金属的嗓子
嗓子里堵着红锈或芒硝。
它叫一声，那发臭的江跟它震一下
夜晚忽然被这短促的响声抽紧。

把来不及做的事情都想了一遍
月亮正沿着河岸撒下几条略有鳞光的咸鱼。

杀一颗火龙果

他们说这个是红心的
红的红的红的，一点都不掺假。
卖火龙果的从腿下抽出无光的尖刀
马上，红从他手里流出来。

是出了人命的红。
是我们身体里才有的红。
不能形容的让人退后的红。

卖火龙果的人提着刀
嘴角一颗包金的牙齿在闪光
杀开的果实托在他丝毫不抖的手上。

卖木瓜的女人

颠颠地追赶着路人

颠颠地一路捧着她的乳房

不是两只，是六只，六只圆滚的绿色果实。

她快要捧不动了。

下雨了，天空不说句什么就下雨了。

她把身体缩得很紧

六只木瓜全都藏进瘦小的怀里。

上身鼓鼓的动物

顶着雨奔跑进小巷子的木瓜树。

那人正砍开椰子

刀尖顶住一个椰子。

他说，这个，又是个老的。

这时候，他使出特别强横的力气

像个古代南越人。

砍刀举过头顶

剁着被太阳照得虚弱的马路。

那个坚硬的半金属物被制服了。

他倒提着刀

看那寿命已尽的椰子

向污浊的街心翻滚。

一个黄昏

黏稠，有点下坠，有点迟滞，压得慌
行人越走越慢，好像刚装在路边的标语牌。
天和地都是灰黄色，灰正越变越多。
下水塘采藕的人提着胶裤上岸
带出一条发亮的水迹。

没有见到金色
这个黄昏和价值无关。
这个晚上没别的了
只有颜色和颜色沉着地转换
一点一点，我被敲进了黑暗，就是黑暗。

十二月的天空太低了

已经低过了城市的胸口

埋伏在一阵阵忙乱的走动以下。

天空就要脱落在这地上

人会被它切成两截

我什么也没做，就直接升天了。

昏暗不肯罢手

巨大的汽锤敲打头顶

人的钉子将一颗一颗入土，这就是十二月吗。

在众多侏儒的拥挤下，我使劲向上仰望

使劲想象是什么躲在十二月天空的背后。

荷塘（组诗）

荷塘之一

荷叶这一大堆银锭

新的，冰凉的

丰盈的盆子摆在大地上。

夜晚的持宝人待在最高处

紧盯这要发光的一块

不安地散步，怦怦有心跳。

荷塘之二

风专门掀动那些年轻的叶子

避开干枯的腐烂的

它一再去翻搅那些骄傲的不弯曲的。

丢盔卸甲的老人

结成水面上环环相抱的蜘蛛网

植物在变成动物

动物都在冬眠

风，站住敬礼

再也不去掀动谁了

大家都挺直了，就这么立着。

荷塘之三

荷花的叶子，这些圆家伙，心态真好

从春到秋每天有运动

半年了，并没见它走出多远

什么事业也不做

也没见它们发慌。

浑身坠着亮片

浑身滚着的夜明珠。

忽然跃出一只一千瓦的灯泡

某条海轮扔下来的

断了钨丝的，废弃的，灭了的

成了这满塘的玩物

满塘无用的流光。

荷塘之四

荷塘又干又黑。

冬天霸占了它的家

存放经年累月的尸体。

十二月里闲得没趣儿的枯骸

瘦子和小鬼挤满了水面。

火种在冷空气上擦一下

我的粗布衣正使劲追着风。

这池塘就要起火

烧红这冬天

灼人。

荷塘之五

冬天的荷塘满满的锈。

黏在一起的老铜钱

旧时候一样沉

倒闭的银行一样的重。

压得这海岛哦

轻飘飘地就快飞翘了。

满眼的老物

看不到谁还活着

在死里头喘气，就是眼前这苍黄。

该飞的都飞了

后窗钉死在这枯塘上。

人问：有戏吗

人答：没戏。

荷塘之六

这块飞地

弄丢了魂儿的躯壳

它的活路早不在它的手里。

有人整夜在水边转圈

倒影被那水纹又抽紧又放远

水在玩他

而他正专注于研究。

围着池塘转的不是教授

就是间谍。

远远地看这一切

谁和谁将在冬天的水边接头。

暖和的肥胖的油绿的傻愣的春风

也快来了吧。

荷塘之七

荷塘只有水了

今年的荷叶不多

整个儿冬天只有一塘的空水。

去年还像个太满的停尸场

今年它倒是干净

夜灯点亮，像二十岁姑娘的眼光。

姑娘只看少年

而人间已经不再制造少年

她水汪汪的不知道该去看谁了哦。

我的天，那黑布就要蒙下来

它就要把我们消灭

我们就要溺亡。

荷塘之八

春天的荷塘突然热闹了
密麻麻的蛙整夜都往陆地上跳。

遍地的活蹦乱跳
水里原来养着这么多的精灵
黑的蛙，一跳起来一条浑身弹力的小命。
多像屎哦
生命都差不多
这道理荷塘早知道。

荷塘之九

端详这池水
如果跳进去该多痛苦
全部的全部只不过一米深。

谁投水都将获救
别把死想得太容易了。
而冒出水面又看见天

那才悲惨

污泥垃圾椰壳和绞死人的鱼线

祝贺你带着一身恶臭又重新活过来鸟。

不敢哦，不敢求死

只求在这喷香喷香开花的荷塘边

喷香地活着。

散步看花

身上倒映一些稀泥的流光。

荷塘之十

满塘的水将被抽空

烂泥要在晴日里晒家底。

问那水边穿胶裤的

你要整夜整夜守着抽水吗

他说他只管守机器

我和他同时被一团电线绊住了。

机器的时代，水已经容易处理

鱼虾都捞了

荷叶死在岸上

眼见着这个正在变成那个。

哪一次不是亲眼看见

后几天是白花花地重新注水

重插几撮荷花点缀。

就是一段真人秀。

荷塘之十一

多少虫，多少鱼，多少蛙，多少蛇

全给六月的荷塘藏住了。

好像只是一潭绿水，荷花当道的世界。

水边跑过拿鱼竿的孩子

蚯蚓被鱼钩穿心

迎着光的孩子们被荷花下的埋伏穿心。

从高处望着世间这沙沙作声的角落

它隐藏得够安稳，也够深。

十枝水莲

1. 不平静的日子

猜不出它为什么对水发笑。

站在液体里睡觉的水莲。

跑出梦境窥视人间的水莲。

兴奋把玻璃瓶涨得发紫的水莲。

是谁的幸运

这十枝花没被带去医学院

内科病房空空荡荡。

没理由跟过来的水莲

只为我一个人

发出陈年绣线的暗香。

什么该和什么缝在一起?

三月的风们脱去厚皮袍

刚翻过太行山

从蒙古射过来的箭就连连落地。

河边的冬麦又飘又远。

不是个平静的日子

军队正从晚报上开拔

直升机为我裹起十枝鲜花。

水呀水都等在哪儿

士兵踩烂雪白的山谷。

水莲花粉颤颤

孩子要随着大人回家。

2. 花想要的自由

谁是围困者

十个少年在玻璃里坐牢。

我看见植物的苦苦挣扎

从茎到花的努力

一出水就不再是它了

我的屋子里将满是奇异的飞禽。

太阳只会坐在高高的梯子上。

我总能看见四分五裂

最柔软的意志也要离家出走。

可是，水不肯流

玻璃不甘心被草撞破

谁会想到解救瓶中生物。

它们都做了花了

还想要什么样子的自由？

是我放下它们

十张脸全面对墙壁

我没想到我也能制造困境。

顽强地对白粉墙说话的水莲

光拉出的线都被感动

洞穿了多少想象中没有的窗口。

我要做一回解放者

我要满足它们

让青桃乍开的脸全去眺望啊。

3. 水银之母

洒在花上的水

比水自己更光滑。

谁也得不到的珍宝散落在地。

亮晶晶的活物滚动。

意外中我发现了水银之母。

光和它的阴影

支撑起不再稳定的屋顶。

我每一次起身

都要穿过水的许多层明暗。

被水银夺了命的人们

从记忆紧闭室里追出来。

我没有能力解释。

走遍河堤之东

没见过歌手日夜唱颂着的美人

河水不忍向伤心处流

心里却变得这么沉这么满。

今天无辜的只有水莲

翡翠落过头顶又淋湿了地。

阴影露出了难看的脸。

坏事情从来不是单独干的。

恶从善的家里来。

水从花的性命里来。

毒药从三餐的白米白盐里来。

是我出门买花

从此私藏了水银透明的母亲

每天每天做着有多种价值的事情。

4. 谁像傻子一样唱歌

今天热闹了

乌鸦学校放出了喜鹊的孩子。

就在这个日光微弱的下午

紫花把黄蕊吐出来。

谁升到流水之上

响声重叠像云彩的台阶。

鸟们不知觉地张开毛刺刺的嘴。

不着急的只有窗口的水莲

有些人早习惯了沉默

张口而四下无声。

以渺小去打动大。

有人在呼喊

风急于圈定一块私家飞地

它忍不住胡言乱语。

一座城里有数不尽的人在唱

唇膏油亮亮的地方。

天下太斑斓了

作坊里堆满不真实的花瓣。

我和我以外

植物一心把根盘紧

现在安静比什么都重要。

5. 我喜欢不鲜艳

种花人走出他的田地

日日夜夜

他向载重汽车的后柜厢献花。

路途越远得到的越多

汽车只知道跑不知道光荣。

光荣已经没了。

农民一年四季

天天美化他没去过的城市

亲近他没见过的人。

插金戴银描眼画眉的街市

落花随着流水

男人牵着女人。

没有一间鲜花分配办公室

英雄已经没了。

这种时候凭一个我能做什么？

我就是个不存在。

水啊水

那张光滑的脸

我去水上取十枝暗紫的水莲

不存在的手里拿着不鲜艳。

6. 水莲为什么来到人间

许多完美的东西生在水里。

人因为不满意

才去欣赏银龙鱼和珊瑚。

我带着水莲回家

看它日夜开合像一个勤劳的人。

天光将灭

它就要闭上紫色的眼睛

这将是我最后见到的颜色。

我早说过

时间不会再多了。

现在它们默默守在窗口

它生得太好了

晚上终于找到了秉烛人

夜深得见了底

我们的缺点一点点显现出来。

花不觉得生命太短

人却活得太长了

耐心已经磨得又轻又碎又飘。

水动而花开

谁都知道我们总是犯错误。

怎么样沉得住气

学习植物简单地活着。

所以水莲在早晨的微光里开了

像导师又像书童

像不绝的水又像短促的花。

在重庆醉酒

1

店家抱着透明。

这个玻璃的采桑人啊

忽大忽小

让我看见了酒的好几颗心。

今天所有的赶路人都醉倒重庆

只有我总在上楼。

满眼桑林晃得多么好

雨是不是晃停了?

闪闪发光

从玻璃瓶到玻璃杯

我上路比神仙驾云还快。

每件事都活起来

都引人发笑。

重庆坐到第二十五层。

我发现大幅度的走

天空原来藏在重庆之上!

笑从哪些环节里出来。

我就是最边缘

二十五层正好深不可测。

朝天门这盒袖珍火柴

挑担子的火柴头儿们全给我跳动。

火种不断钻出水。

是什么配制了笑酒。

我一笑

这城市立刻擦出了光。

2

今天一张开手又是大方。

长江把满江的船一下漆遍。

满江的铅水

化了妆的人将走不了多远。

紧张啊紧张

把我送到今天的路全都崩断了。

我现在的责任

只剩了稳住朝天的门。

鬼怪精灵都藏在水里

可是我却喝出滚滚的一根火。

有火又有水

这种时候向前还是后退

心里轻飘飘闪进一对仇人

我的心成了三岔口。

这座城把不整齐的牙齿合紧了

上上下下都是不平。

打赤脚的先落进仙境。

人越摇晃越精准

所以重庆的血哗哗流在体外

血管里跑着黄色羚羊。

所以我被送到了这么高。

楼房排出反光的高脚杯

什么花样儿围着我乔装打扮

我好像就是光明。

栀子花跑出卖花人的蓑衣。

转弯的路口都香了。

我没招手花就悠悠地上楼。

随处插遍栀子的花

连作恶的人

也赶紧披上了僧人的素衣。

洁白趁着酒兴进城。

我止不住想笑

好事情也有止不住的时候。

被我喝掉的水

正离开我忙着四处开放。

为什么事事献媚于我

人人争着到玻璃杯里享受这一夜?

旧棉桃的空壳又爆出新棉花

理智的中心正在变软。

我喝了我能拿到的一切

这世界不能因此而空

松树柏树你们要用力去开花。

我害怕越笑越轻

无论来点什么

快满起来。

4

止也止不住。

酒带着人摇身一变

这个我陌生得让我吃惊。

光脚的甘地反复试探恒河

醉酒人早已经独自翻过喜马拉雅。

过了雪山又将是哪儿。

慈祥又美妙的错觉海啸一样

比地火还要低。

我误入另一个水的世界

太阳落下去

光却自下而上透过来。

嘉陵扬子两条糊里糊涂的水

合流在二十五层上。

我看见盛满玩具的抽屉之城
难道属于我的孩子正在重庆？
为什么我所看见的一切
都如同己出。
黑瓦顶和街心花园
我忍不住想俯身
带你们去碎玻璃里踩水。

从来没有的奇异
人会跟着液体层层向上。
古人举酒总想浇点什么
而我却守着两条江
临水发笑
心里猛然坐满菩萨。

5

谁藏在笑的后面
谁导演了这出人和酒的双簧。

水不退火也不退

朝天门同时又是朝地的门

现在的我

顽强地想覆盖过去的我。

酒跳到糊涂里起舞

第二十五层忽高忽低。

这片轻飘飘的陌生灵魂。

为什么我要拖着你

再沉重艰辛我也要回去。

街灯比电还亮

满街的灯燃烧的是街灯自己。

重庆躲在深处掩面而笑

这个时候我该在哪儿?

向前还是向后

酒再深也要回到浅。

闪闪发光的东西让人走了眼

天堂里总在秘密加建地狱

我在哪条飘浮如断丝的街头买醉?

水融了玻璃

人不情愿地醉酒。

6

可是飞着多好

涓流一遍遍暗示着某个方向。

可是薄如栀子花瓣的门忽开忽合。

航道里挤满苦苦等我的客船

我被酒接走

正像一条江被海洋接走。

我一笑

水位就自然高升一截。

可是我碰到了真实的栀子花

我的手冰凉地白了。

我要贴近去看清这个重庆

它不过在一片美妙的雾气间

为我摆布下

古今飘荡的酒肆

能看见的只有海市蜃楼。

再找那只靠紧住重庆的酒瓶

枸杞红枣里

盘坐一条灰黄花纹的老蛇。

我和它们谁是真实？

金子早早都被放生

我已经不想拿到添酒的钱了。

可是重庆照样金银闪烁。

我看得太清了

落进酒的透明里

我原来是一个好人。

朝天而造的门也是座好门。

女性五人诗

翟永明

生于四川成都，祖籍河南。出版诗集有《女人》《在一切玫瑰之上》《十四行素歌》《翟永明的诗》等多部，另有多部散文随笔集面世。

翟永明的诗

女人（组诗选四首）———— 051

黑房间———— 057

静安庄（组诗选四首）———— 059

我策马扬鞭———— 065

咖啡馆之歌———— 068

菊花灯笼漂过来———— 076

盲人按摩师的几种方式———— 079

时间美人之歌———— 086

小酒馆的现场主题———— 091

潜水艇的悲伤———— 098

轻伤的人，重伤的城市———— 101

马克白夫人———— 103

老家———— 106

在古代———— 110

关于雏妓的一次报道———— 112

第八天———— 116

鱼玄机赋———— 121

致阿赫玛托娃———— 130

女人（组诗选四首）

渴　望

今晚所有的光只为你照亮

今晚你是一小块殖民地

久久停留，忧郁从你身体内

渗出，带着细腻的水滴

月亮像一团光洁芬芳的肉体

酣睡，发出诱人的气息

两个白昼夹着一个夜晚

在它们之间，你黑色眼圈

保持着欣喜

怎样的喧嚣堆积成我的身体

无法安慰，感到有某种物体将形成

梦中的墙壁发黑

使你看见三角形泛滥的影子

全身每个毛孔都张开

不可捉摸的意义

星星在夜空毫无人性地闪耀

而你的眼睛装满

来自远古的悲哀和快意

带着心满意足的创痛

你优美的注视中，有着恶魔的力量

使这一刻，成为无法抹掉的记忆

母　亲

无力到达的地方太多了，脚在疼痛，母亲，你没有

教会我在贪婪的朝霞中染上古老的哀愁。我的心只像你

你是我的母亲，我甚至是你的血液在黎明流出的

血泊中使你惊讶地看到你自己，你使我醒来

听到这世界的声音，你让我生下来，你让我与不幸构成

这世界的可怕的双胞胎。多年来，我已记不得今夜的哭声

那使你受孕的光芒，来得多么遥远，多么可疑，站在生与死

之间，你的眼睛拥有黑暗而进入脚底的阴影何等沉重

在你怀抱之中，我曾露出谜底似的笑容，有谁知道

你让我以童贞方式领悟一切，但我却无动于衷

我把这世界当作处女，难道我对着你发出的
爽朗的笑声没有燃烧起足够的夏季吗？没有？

我被遗弃在世上，只身一人，太阳的光线悲哀地
笼罩着我，当你俯身世界时是否知道你遗落了什么？

岁月把我放在磨子里，让我亲眼看见自己被碾碎
呵，母亲，当我终于变得沉默，你是否为之欣喜

没有人知道我是怎样不着边际地爱你，这秘密
来自你的一部分，我的眼睛像两个伤口痛苦地望着你

活着为了活着，我自取灭亡，以对抗亘古已久的爱
一块石头被抛弃，直到像骨髓一样风干，这世界

有了孤儿，使一切祝福暴露无遗，然而谁最清楚
凡在母亲手上站过的人，终会因诞生而死去

独　白

我，一个狂想，充满深渊的魅力

偶然被你诞生。泥土和天空

二者合一，你把我叫作女人

并强化了我的身体

我是软得像水的白色羽毛体

你把我捧在手上，我就容纳这个世界

穿着肉体凡胎，在阳光下

我是如此炫目，使你难以置信

我是最温柔最懂事的女人

看穿一切却愿分担一切

渴望一个冬天，一个巨大的黑夜

以心为界，我想握住你的手

但在你的面前我的姿态就是一种惨败

当你走时，我的痛苦

要把我的心从口中呕出

用爱杀死你，这是谁的禁忌？

太阳为全世界升起！我只为了你

以最仇恨的柔情蜜意贯注你全身

从脚至顶，我有我的方式

一片呼救声，灵魂也能伸出手？

大海作为我的血液就能把我

高举到落日脚下，有谁记得我？

但我所记得的，绝不仅仅是一生

生　命

你要尽量保持平静

一阵呕吐似的情节

把它的弧形光悬在空中

而我一无所求

身体波澜般起伏

仿佛抵抗整个世界的侵入

把它交给你

这样富有危机的生命、不肯放松的生命

对每天的屠杀视而不见

可怕地从哪一颗星球移来？

液体在陆地放纵，不肯消失

什么样的气流吸进了天空？

这样膨胀的礼物，这么小的宇宙

驻扎着阴沉的力量

一切正在消失，一切透明

但我最秘密的血液被公开

是谁威胁我？

比黑夜更有力地总结人们

在我身体内隐藏着的永恒之物？

热烘烘的夜飞翔着泪珠

毫无人性的器皿使空气变冷

死亡盖着我

死亡也经不起贯穿一切的疼痛

但不要打搅那张毫无生气的脸

又害怕，又着迷，而房间正在变黑

白昼曾是我身上的一部分，现在被取走

橙红灯在我头顶向我凝视

它正凝视这世上最恐怖的内容

黑房间

天下乌鸦一般黑

我感到胆怯，它们有如此多的

亲戚，它们人多势众，难以抗拒

我们却必不可少，我们姐妹三人

我们是黑色房间里的圈套

亭亭玉立，来回踱步

胜券在握的模样

我却有使坏，内心刻薄

表面保持当女儿的好脾气

重蹈每天的失败

待字闺中，我们是名门淑女

悻悻地微笑，挖空心思

使自己变得多姿多彩

年轻、美貌，如火如荼

炮制很黑，很专心的圈套

（那些越过边境、精心策划的人

牙齿磨利、眼光笔直的好人

毫无起伏的面容是我的姐夫？）

在夜晚，我感到

我们的房间危机四伏

猫和老鼠都醒着

我们去睡，在梦中寻找陌生的

门牌号码，在夜晚

我们是瓜熟蒂落的女人

颠鸾倒凤，如此等等

我们姐妹三人，我们日新月异

婚姻，依然是择偶的中心

卧室的光线使新婚夫妇沮丧

孤注一掷，我对自己说

家是出发的地方

静安庄（组诗选四首）

第一月

仿佛早已存在，仿佛早已就绪

我走来，声音概不由己

它把我安顿在朝南的厢房

第一次来我就赶上漆黑的日子

到处都有脸型相像的小径

凉风吹得我苍白寂寞

玉米地在这种时刻精神抖擞

我来到这里，听到双鱼星的哞叫

又听见敏感的夜抖动不已

极小的草垛散布肃穆

脆弱唯一的云像孤独的野兽

蹑足走来，含有坏天气的味道

如同与我相逢成为值得理解的内心

鱼竿在水面滑动，忽明忽灭的油灯

热烈沙哑的狗吠使人默想

昨天巨大的风声似乎了解一切

不要容纳黑树

每个角落布置一次杀机

忍受布满人体的时刻

现在我可以无拘无束地成为月光

已婚夫妇梦中听见卯时雨水的声音

黑驴们靠着石磨商量明天

那里，阴阳混合的土地

对所有年月了如指掌

我听见公鸡打鸣

又听见辘轳打水的声音

第二月

从早到午，走遍整个村庄

我的脚听从地下的声音

让我到达沉默的深度

无论走到哪家门前，总有人站着

端着饭碗，有人摇着空空的摇篮

走过一堵又一堵墙，我的脚不着地

荒屋在那里穷凶极恶，积着薄薄红土

是什么挡住我如此温情的视线？

在蚂蚁的必死之路

脸上盖着树叶的人走来

向日葵被割掉头颅，粗糙糜烂的脖子

伸在天空下如同一排谎言

蓑衣装扮成神，夜里将作恶多端

寒食节出现的呼喊

村里人因抚慰死者而自我克制

我寻找，总带着未遂的笑容

内心伤口与他们的肉眼连成一线

怎样才能进入静安庄

尽管每天都有溺婴尸体和服毒的新娘

他们回来了，花朵列成纵队反抗

分娩的声音突然提高

感觉落日从里面崩溃

我在想：怎样才能进入

这时鸦雀无声的村庄

第六月

夜里月黑风高，男孩子们练习杀人

粗野的麦田潜伏某种欲念

我闻到整个村子的醉意

有半年的光景我仰面看它

直到畸形的身躯变成了无垠

它旋转犹如门轴生了锈

人们酗酒作乐，无人注意我

但我从一堆又一堆垃圾中

听到它的回声来自地心

满身尘埃的人用手触摸

黑檀木桌的神秘裂纹

想起盛朝年间的传说

今晚将有月蚀

妻子在木盆里净身

眼中充满盲目的恐惧

天空抽搐着，对我讳莫如深

祖先土葬的坟地

从墙缝里裂开无数失神的眼睛

翌晨，掘墓者发现

诸侯的床已被白蚁充满

我，我们偶然的形体

在黑暗中如何

在白昼也同样干枯

第九月

——壬寅金丑时霜降

去年我在大沙头，梦想这个村落

满脸雀斑焕发九月的强度

现在我用足够的挥霍破坏

把居心叵测的回忆戴在脸颊上

是我把有毒的声音送入这个地带吗？

我十九，一无所知，本质上仅仅是女人

但从我身上能听见直率的号叫

谁能料到我会发育成一种疾病？

我居住在这里，冷若冰霜，不失天真模样

从未裸体，比干净的草堆更惬意

太阳突然失踪，进入我最热情的部位

那时我还年轻，保持无边的缄默

呆板，但诚心诚意

原封不动，我有时展开双臂

这一带曾是水洼，充满异物的眼光

第九月的庄稼长势很好

踩在泥土上，本身也是土

我出生时看见夜里的生灵倾向我

皂角树站在窗前，对我施以暴力

恶梦中出现的沉默男子，一生将由他安排

怀着未来的影子，北风嚣张时

我让雨顺着黑垩石流入我身体

贫穷不足为奇，只是一种方式

循环和繁殖，听惯这村庄隐处的响声

我策马扬鞭

我策马扬鞭　在有劲的黑夜里

雕花马鞍　在我坐骑下

四只滚滚而来的白蹄

踏上羊肠小道　落英缤纷

我是走在哪一个世纪?

哪一种生命在斗争?

宽阔邸宅　我曾经梦见:

真正的门敞开

里面刀戟排列　甲胄全身

寻找着　寻找着死去的将军

我策马扬鞭　在痉挛的冻原上

牛皮缰绳　松开昼与黄昏

我要纵横驰骋

穿过瘦削森林

近处雷电交加

远处儿童哀鸣

什么锻炼出的大斧

在我眼前挥动？

何来的鲜血染红绿色军衣？

憧憬啊，憧憬一生的战绩

号角清朗　来了他们的将士

来了黑色的统领

我策马扬鞭　在揪心的月光里

形销骨立　我的凛凛坐骑

不改谵狂的禀性

跑过白色营帐　树影幢幢

瘦弱的男子在灯下弈棋

门帘飞起，进来了他的麾下：

敌人！敌人就在附近

哪一位垂死者年轻气盛？

今晚是多少年前的夜晚？

巨鸟的黑影　还有头盔的黑影

使我胆战心惊

迎面而来是灵魂的黑影

等待啊　等待盘中的输赢

一局未了　我的梦幻成真

一本书　一本过去时代的书

记载着这样的诗句

在静静的河面上

看啊　来了他们的长脚蚊

咖啡馆之歌

1. 下午

忧郁　缠绵的咖啡馆

　　在第五大道

转角的街头路灯下

　　小小的铁门

　　依窗而坐

慢慢啜饮秃头老板的黑咖啡

　　"多少人走过

上班、回家、不被人留意"

我们在讨论乏味的爱情

　　"昨天　我愿

　　回到昨天"

一支怀旧的歌曲飘来飘去

咖啡和真理在他喉中堆积

　　顾不上清理

　　舌头变换

晦涩的词藻在房间来回滚动

　　像进攻的命令
越滚越大的许多男人的名字
像骇人的课堂上的刻板公式
　　令我生畏

他侧耳交颈俯身于她
谈着伟大的冒险和奥秘的事物
　　"哭者逊于笑者……
　　我们继续行动……"

　　接着是沉默
接着是又一对夫妇入座
他们来自外州　过惯萎靡不振的
　　田园生活

　　"本可成为
一流角色　如今只是
好色之徒的他毛发渐疏"
　　我低头啜饮咖啡

酒精和变换的交谈者

消磨无精打采的下午

　　我一再思索

　　哪些问题?

你还在谈着你那天堂般的社区

　　你的儿女

　　高尚的职业

以及你那纯正的当地口音

暮色摇曳　　烛光撩人

收音机播出吵死人的音乐：

　　　"外乡人……

　　　外乡人……"

2. 晚上

　　烛光摇曳

金属壳喇叭在舞厅两边

聒噪　　好像乐池鼓出来的

　　两块颧骨

雪白的纯黑的晚礼服……

邻座的美女摄人心魄

　　如雨秋波

　　洒向他情爱交织的注视

没人注意到一张临时餐桌

　　三男两女

　　幽灵般镇定

讨论着自己的区域性问题

　　我在追忆

北极圈里的中国餐馆

　　有人插话："我的妻子在念

　　国际金融"

出没于各色清洁之躯中的

　　严肃话题

　　如变质啤酒

泛起心酸的、失望的颜色

　　"上哪儿找

　　一张固定的床？"

带着所有虚无的思考

他严峻的脸落在黑暗的深处

我在细数

满手老茧的掌中纹路带来

预先的幸福

"这是我们共同的症候。"

品尝一杯神秘配制的甜酒

与你共舞

我的身体

展开那将要凋谢的花朵

自言自语：

"拿走吧!

快拿走世上的一切!

像死亡　拿得多么干净。"

3. 凌晨

因此男人

用他老一套的赌金在赌

妙龄少女的

新鲜嘴唇　这世界已不再新

凌晨三点

窃贼在自由地行动

邻座的美女已站起身说：

　　"餐馆打烊"

他站起身

猛扑上去把一切结束

　　收音机里

还在播放吵死人的音乐

玻璃的表面

制止了我们徒劳的争执

　　那个妻子

穿着像奶油般动人细腻

我在追忆

七二年的一家破烂旅馆

我站在绣满中国瓢虫的旧窗帘下

　　抹上口红

不久我们走出人类的大门

　　天堂在沉睡

　　我已习惯

与某些人一同步入地狱

　　"情网恢恢

穿过晚年还能看到什么？"

　　用光了的爱

在节日里如货轮般浮来浮去

一点点老去

　　几个朋友

住在偏僻闲散的小乡镇

　　他们惯于呼我的小名

　　发动引擎

一伙人比死亡还着急

　　我在追忆

西北偏北一个破旧的国家

雨在下，你私下对我说：

"去我家?

还是回你家?"

汽车穿过曼哈顿城

菊花灯笼漂过来

菊花一点点漂过来

在黑夜　在周围的静

在河岸沉沉的童声里

菊花淡　淡出鸟影

儿童提着灯笼漂过来

他们浅浅的合唱里

没有恐惧　没有嬉戏　没有悲苦

只有菊花灯笼　菊花的淡

灯笼的红

小姐也提着灯笼漂过来

小姐和她的仆从

她们都绾着松松的髻

她们的华服盛装　不过是

丝绸　飘带和扣子

不过是走动时窸窣乱响的

璎珞　耳环　钗凤

小姐和小姐的乳娘

她们都是过来人

她们都从容地寻找

在夜半时面对月亮

小姐温柔　灯笼也温柔

她们漂呵漂

她们把平凡的夜

变成非凡的梦游

每天晚上

菊花灯笼漂过来

菊花灯笼的主人　浪迹天涯

他忽快忽慢的脚步

使人追不上

儿童们都跟着他成长

这就是沧海和灯笼的故事

如果我坐在地板上

我会害怕那一股力量

我会害怕那些菊影　光影　人影

我也会忽快忽慢

在房间里叮当作响

如果我坐在沙发或床头

我就会欣赏

我也会感到自己慢慢透明

慢慢变色

我也会终夜含烟　然后

离地而起

盲人按摩师的几种方式

"请把手放下"，盲人俯身
推拿腰部，也像推拿石头
生活的腰多么空虚
引起疼痛

盲人一天又一天推拿按摩
推拿比石头还硬的腰部

"注意气候，气候改变一切，"
梅花针执在盲人之手
我尽力晃动头部："这是什么？"

生命，是易碎的事物
还是骨头，骨节，骨密度？
梅花针扎在我的头部

3

"请敲骨椎第一节，那里疼痛"
盲人的手按下旋律的白键

"这声音怎么这样凄凉？"

我知道疼痛的原因
是生命的本质，与推拿无关
但推拿已进入和谐的境界
盲人一天又一天敲打
分享我骨头里的节奏

4

"转过身去，调匀呼吸"
盲人的手按下旋律的黑键

暴风雨般的即兴弹奏
他空洞的眼里无怨无欲
甚至他的呼吸也极度平静
他的两手推拿世间的问题
盲人有盲人的方式

他思索下手的轻重缓急

与我们的方向一致

5

"请注意骶骨的变化"，他说

他的手指熟知全世界的穴位

他的手掌兼修中西两种功力

当他使劲，十根指头落下

贯注全身的一股深邃力量知道

一种痛苦已被摧毁

另一种痛苦来自肺腑

来自白色袍子的适当切入

以及我那怯懦的心跳

6

盲人一天又一天摸索

熟悉的事物，渐渐地

渐渐地达到澄明的高度

从一块坚硬的石头，或者
在空气中飞舞的跳动的尘埃

一男一女，两个盲人
看不见变易中的生死
看得见生死中的各种变易

7

一次，他拿出两个罐子
其中一个是空的，另一个也空

一滴水就从身体里慢慢溢出
但是他看不见，现在他抽掉
里面的空气，点燃酒精棉
他想要得到什么？

除了腰椎的十四个关节
还有骨头深处的阵阵寒意……

响了一夜的孤寂之声

"现在好了，寒气已经散尽"

他收起罐子，万物皆有神力

那铿锵的滴水的音律

我知道和所有的骨头有关

一天又一天雨下个不停

盲人按摩师的手抓住的

是不是那石头般的内心恐惧？

"这里怎样？这里应该是

感官的触动，这条肌肉

和骨头之间有一种痛

能触动你的神经，压迫

你的手臂，毁灭你的黑夜

不要让风穿过你的身体

不要让恐惧改变你。"

10

如果能把痛楚化成

有形的东西，类似

抓住一把盐，撒在地上

类似端走一盆清水

从皮肤里，类似

擦掉苹果上的污迹

类似手指按下琴键

随即又轻轻地移开

11

手指间的舞蹈，很轻

指力却浑厚，生命中的

强弱之音此时都在

盲人坐着，细说记忆

那触手一摸，心灵的辨识
比眼睛的触摸更真实

大脑中反复重叠的事物
比看得见的一切更久长

12

尘世中的一大堆杂念
被你熔与黑暗一炉
终将打成整铁一片

当你想看，你就能看
最终达于静止的世界
日子年复一年，并不休息

盲人俯身，推拿
疼痛的中心，一天又一天

时间美人之歌

某天与朋友偶坐茶园
谈及开元、天宝
那些盛世年间
以及纷乱的兵荒年代

当我年轻的时候
我四处寻找作诗的题材
我写过战争、又写过女人的孤单
还有那些磨难，加起来像锥子
把我的回忆刺穿
我写呀写，一直写到中年

我看见了一切
在那个十五之夜：
一个在盘子上起舞的女孩
两个临风摆动的影子
四周爱美的事物——
向她倾斜的屋檐
对她呼出万物之气的黄花
鼓起她裙裾的西风　然后才是

那注视她舞蹈之腿的

几乎隐蔽着的人

月圆时，我窥见这一切

真实而又确然

一个簪花而舞的女孩。

她舞，那月光似乎把她穿透

她舞，从脚底那根骨头往上

她舞，将一地落叶拂尽

（她不关心宫廷的争斗

她只欲随风起舞、随风舞）

四周贪婪的眼光以及

爱美的万物

就这样看着她那肉体的全部显露

当我年轻的时候

少数几个人还记得

我那些诗的题材

我写过疾病、童年和

黑暗中的所有烦恼

我的忧伤蔑视尘世间的一切
我写呀写，一直写到中年

我的确看到过一些战争场面：
狼烟蔽日，剑气冲天
帅字旗半卷着四面悲歌
为何那帐篷里传出凄凉的歌咏？

一杯酒倒进了流光的琥珀酒盏
一个女人披上了她的波斯软甲
是什么使得将军眼含泪花？
是什么使得绝代美女惊恐万状？

（她不关心乌骓马嘶鸣的意义
她只愿跟随着它，跟随他）

除了今夜古老的月亮以及
使我毛发直竖的寒风
还有谁？注视着这一堆
淤血和尸骨混合的影像

当我年轻的时候

我丢下过多少待写的题材

我写过爱情、相思和

一个男人凝视的目光　唯独没有写过衰老

我写呀写，一直写到中年

西去数里，温泉山中

浮动着暗香的热汤

一件丝绸袍子叠放在地上

西去数里，勒马停缰

厌战的将士一声呐喊

黑暗中总有人宣读她们的罪状

西去数里，逃亡途中

和泪的月光

一根玉钗跌落在地上

（她听不见动地的鼙鼓声

她听见绵绵私语，绵绵誓）

千军万马曾踏过这个温泉

那水依然烫，依然香

后世的爱情，刚出世的爱情

依然不停地涌出，出自那个泉眼

某天与朋友偶坐茶园

谈及纷纷来去的盛世年间

我已不再年轻，也不再固执

将事物的一半与另一半对立

我睁眼看着来去纷纷的人和事

时光从未因他们，而迟疑或停留

我一如既往地写呀写

我写下了这样的诗行：

"当月圆之夜

由于恣情的床第之欢

他们的骨头从内到外地发酥

男人呵男人

开始把女人叫作尤物

而在另外的时候

当大祸临头

当城市开始燃烧

男人呵男人

乐于宣告她们的罪状"

小酒馆的现场主题

褐色和整个的夜

端上一小杯金汤力

周围多少的噪音掺橙汁

留给我一人　忍受那香精味

男人的话语总不那么如意

一只手拈起一片柠檬时

我盯住那强有力的喉结

但我只是　轻轻咽下一口酒

对你们说：“什么也没有”

一些模糊的身影　背着光

整理他们的眼球　他们

将保证一个美学上级的勇气

他们的手指、音节

和着笑容在屋里飘来飘去

我不相信规则　因此我备受打击

当我带醉咽下一口唾沫

我仍要对你们说："没有"

一个声音对我耳语："有价值

或无？或者终结……

全依赖你个人的世故……"

同一个声音在哼着一首

正当的歌曲

邻座的女孩嘤嘤而泣

多少双眼睛在吞啮她哭泣时的动人

她的美　是否连着

窗外整个黑夜的筋骨？

2

一男一女　配合着

饮干一杯金汤力

"请递给我一张手巾……"

一个解闷的女郎不忠实

她的残酷的偶像

又一个美学上级过来了

分给她们奶嘴、奶瓶和

他永不成熟的观念

一只手从桌上抽回　久久

等待另一只　男的问

女的答　配合着

一小杯金酒加香橙

"请保留你的号召……

让我倾向晚年的洁癖"

女人的手端起她的微笑

端起她的心　饮一口"拒绝"

我向整个岁月倾倒我的本分

转动两颗好大的骰子

在我的眼球里　恳请你们

不要注视我由暴戾向平静

喷出的鼻息　男人们

"最后一次了"　她的音调

在意向上　与他的唇叠合在一起

她的嘴里含着　一个受伤的

中邪的诗句

作为情人　或仅是女宾

她想沉默时

整个的气温沉默达零

"请保留你机械的漠视……"

转动他两颗好大的骰子

在相机的眼球里

但是请不要将我装裱

用现代色情　或不加取舍的

绅士般的体贴

3

当长发掉落在粗呢桌布上

"请让我保留衰老的权利"

挺住一个青春的姿态

让我闲坐　在一群光嫩者中间

她们中间的全部　青春缠绵

使一桌灵魂出窍　当她们

绷紧那闪光白缎的皮肤

我愿意成为　窗外的夹竹桃

保有　危险而过时的另一种味道

把吃掉的口红　藏进

枯萎身躯的中央

那么　请从桌子的那一端　把死亡

换到我的侧面　请把

生理的写作放到另一端

请授权于衰老

把青春期的被内哭泣

换成坐中的杯盏交错

请让我安静地　与死亡

倾心交谈

与死亡同桌　这一刻

我想了多年　也未想出

一个打火机点燃的如此局面

我们分坐两端　各执一副

象牙骨牌

须臾　从它粼粼青光的手上

扔出一张"绝望"

我回应一张"日月悠长"

当它打过来一张"不祥"

而我的判断　被自杀者的

能量和他头骨的凹陷

消费掉

请死亡洗牌　它会将

黑暗填满我晚年的厨房

那么　就让我将痛苦薄薄地说出

像吐出一口浊气那样方便地

吐出衰老的迹象　既不掩饰

也不夸张

打火机点燃少男少女的凸面　他们撮起的樱唇

并非吐出青春的毒药

他们顽皮的嘘声里

有着微暗的火光

4

一杯烈酒加冰端在

一些男人的手里　正如

一些烈焰般的言辞　横在

男人的喉咙

他们中间的全部

渴望成为幻觉的天空

偶尔浮动　显现、发射出美学的光芒

我满头的银线

此时着了火似的　反射出

鬓旁的蛇形耳坠和地面的月形刀

坐在高凳上的黑衣裁判

吹着口哨　睁开他的牡蛎眼睛

盯着我两手摊开的位置

"最后一次了"　我说

像吐出一口浊气

"什么也没有"

潜水艇的悲伤

九点上班时

我准备好咖啡和笔墨

再探头看看远处打来

第几个风球

有用或无用时

我的潜水艇都在值班

铅灰的身体

躲在风平的浅水塘

开头我想这样写：

如今战争已不太来到

如今诅咒　也换了方式

当我监听　能听见

碎银子哗哗流动的声音

鲜红的海鲜·仍使我倾心

艰难世事中　它愈发通红

我们吃它　掌握信息的手在穿梭

当我开始写　我看见

可爱的鱼　包围了造船厂

国有企业的烂账　以及

邻国经济的萧瑟　还有

小姐们趋时的妆容

这些不稳定的收据　包围了

我的浅水塘

于是我这样写道：

还是看看

我的潜水艇　最新在何处下水

在谁的血管里泊靠

追星族，酷族，迪厅的重金属

分析了写作的潜望镜

酒精，营养，高热量

好像介词、代词、感叹词

锁住我的皮肤成分

潜水艇　它要一直潜到海底

紧急　但又无用地下潜

再没有一个口令可以支使它

从前我写过　现在还这样写：

都如此不适宜了

你还在造你的潜水艇

它是战争的纪念碑

它是战争的坟墓　它将长眠海底

但它又是离我们越来越远的

适宜幽闭的心境

正如你所看到的：

现在　我已造好潜水艇

可是　水在哪儿

水在世界上拍打

现在　我必须造水

为每一件事物的悲伤

制造它不可多得的完美

轻伤的人，重伤的城市

轻伤的人过来了

他们的白色纱布像他们的脸

他们的伤痕比战争缝合得好

轻伤的人过来了

担着心爱的东西

没有断气的部分

脱掉军服　洗净全身

使用支票和信用卡

一个重伤的城市血气翻涌

脉搏和体温在起落

比战争快

比恐惧慢

重伤的城市

扔掉了假腿和绷带

现在它已流出绿色分泌物

它已提供石材的万能之能

一个轻伤的人　仰头

看那些美学上的建筑

六千颗炸弹砸下来

留下一个燃烧的军械所

六千颗弹着点

像六千只重伤之眼

匆忙地映照出

那几千个有夫之妇

有妇之夫　和未婚男女的脸庞

他们的身上全是硫磺，或者沥青

他们的脚下是拆掉的钢架

轻伤的人　从此

拿着一本重伤的地图

他们分头去寻找那些

新的器皿大楼

薄形，轻形和尖形

这个城市的脑袋

如今尖锐锋利地伸出去

既容易被砍掉

也吓退了好些伤口

马克白夫人

书上的和台上的

马克白夫人

是不同的

书上的马克白夫人

生命短促

虽然羞怯　却想站在万人肩上

统治一个破烂的世界

她为此命丧黄泉

台上的马克白夫人

光彩斐然　她身穿紫衣亮相

一双炫目　要吞掉这个台下世界

我们全都悚然了

但我们全都想　不管不顾

跟着她收回的眼光

被吸进她的脑海

设想我们蹲在她的幕布后

就能从她的眼中望下去

是怎样的一个真实世界？

我们必然看到成功的男人和

成功的女人　左边和右边

他们坐满了剧院

我们也能看到他们的座椅

破旧一如过去

这说明川剧现已式微

他们的职业装熨烫得很硬

无皱褶　一如他们的外表

马克白夫人呵　你总得说点什么

鼓声点点　她在问

谁在敲门？

这时候，另有一个年轻女人

在前排　她低头写下第一句剧评：

　　"马克白夫人是别人的命运

　　　我们　才是这个年头里的

　　　每一个自己"

我们伸长了脖子　最多也就看到这些

马克白夫人站在聚光灯下

看到他们的内心：

人人都有一个黄粱梦

正在酝酿　他们为此煎熬

这一切　也都写到了舞台两侧的词幕上

现在我们已知道：

马克白需要权杖

马克白夫人只需要长袖

长长的　甩出去又可拉回来的

那种　戏剧中又叫"水袖"

水袖无水　却可泼出

满天的泪　和一盆汪洋

水袖也可以绕来绕去

正好表达　一个女人的忠贞和

由此而来的野心

这时候　那女人写下最后一句：

上一世纪的女人

与本世纪的女人　并无不同

然后起身离去

— 看朋友田蔓莎改编自莎士比亚的新川剧《马克白夫人》
后所作。

老家

我的朋友说：

老家在河北

蹲着吃饭

老家在河南

于是出门讨饭

我的老家在河南

整个身体都粘满了小米

除了收割之外　　还有别的锋利

一道一道地割伤它的糙皮

洪水涨停时

不像股票的涨停点

让人兴奋　　也没有它奇迹般的价值

老家是一个替身

它代替这个世界向我靠近

它拥有一条巨大的河流

河水干涸时

全世界都为它悲伤

蜂拥而至的

除了玉米肥大的手臂

还有手臂上密密麻麻的小孔

它们在碘酒和棉花的扑打下

瑟瑟发抖

老家的皮肤全都渗出

血点　血丝　和血一样的惊恐

吓坏了自己和别人

全世界的人像晕血一样

晕那些针孔

我的老家在河南

整个脸上扎满了针

老家的人双腿都青筋暴露

他们的双手筛着那些土坷

从地底下直筛到半空中

除了麻醉药之外的所有医用手段

都不能用来

剔除自己的皮肤

他们还能干什么?

除了躺在阴影中歇凉时

他不敢触摸那些伤口

它们会痛苦地跳起来大喊

像水银柱式地上下起落

他们的动脉里　隐藏着液体火焰

让所有的人渐离渐远

全世界的人都在嘲笑

那些伤口　他们继续嘲笑

也因为老家的人不能像换水一样

换掉血管里让人害怕的血

更不能像换血一样换掉

皮肤根部的贫贱

当全世界都无邪地清洁起来

还没有这样一种盥洗法：

从最隐秘处清除掉某个地理位置

它那物质的脏：

牙齿　毛发　口气　轮廓

方言　血肉　旱涝　水质

(他们甚至不会饮泣

老家的人　一辈子也没走出过

方圆十里　他们

也不知道一辈子干净的血

为什么变成现在这样？）

在古代

在古代，我只能这样

给你写信　并不知道

我们下一次

会在哪里见面

现在　我往你的邮箱

灌满了群星　它们都是五笔字形

它们站起来　为你奔跑

它们停泊在天上的某处

我并不关心

在古代　青山严格地存在

当绿水醉倒在他的脚下

我们只不过抱一抱拳　彼此

就知道后会有期

现在，你在天上飞来飞去

群星满天跑　碰到你就像碰到疼处

它们像无数的补丁　去堵截

一个蓝色屏幕　它们并不歇斯底里

在古代　人们要写多少首诗?

才能变成崂山道士　穿过墙

穿过空气　再穿过一杯竹叶青

抓住你　更多的时候

他们头破血流　倒地不起

现在　你正拨一个手机号码

它发送上万种味道

它灌入了某个人的体香

当某个部位颤抖　全世界都颤抖

在古代　我们并不这样

我们只是并肩策马　走几十里地

当耳环叮当作响　你微微一笑

低头间　我们又走了几十里地

关于雏妓的一次报道

雏妓又被称作漂亮宝贝

她穿着花边蕾丝小衣

大腿已是撩人

她的妈妈比她更美丽

她们像姐妹 "其中一个像羚羊"……

男人都喜欢这样的宝贝

宝贝也喜欢对着镜头的感觉

我看见的雏妓却不是这样

她十二岁 瘦小而且穿着肮脏

眼睛能装下一个世界

或者 根本已装不下哪怕一滴眼泪

她的爸爸是农民 年轻

但头发已花白

她的爸爸花了三个月

一步一步地去寻找他

失踪了的宝贝

雏妓的三个月

算起来快一百多天

三百多个男人

这可不是简单数

她一直不明白为什么

那么多老的，丑的，脏的男人

要趴在她的肚子上

她也不明白这类事情本来的模样

只知道她的身体

变轻变空　被取走某些东西

雏妓又被认为美丽无脑

关于这些她一概不知

她只在夜里计算

她的算术本上有三百多个

无名无姓　无地无址的形体

他们合起来称作消费者

那些数字像墓地里的古老符号

太阳出来以前　消失了

看报纸时我一直在想：

不能为这个写诗

不能把诗变成这样

不能把诗嚼得嘎嘣直响

不能把词敲成牙齿　去反复啃咬

那些病　那些手术

那些与十二岁加在一起的统计数字

诗、绷带、照片、回忆

刮伤我的眼球

（这是视网膜的明暗交接地带）

一切全表明：都是无用的

都是无人关心的伤害

都是每一天的数据　它们

正在创造出某些人一生的悲哀

部分地　她只是一张新闻照片

十二岁　与别的女孩站在一起

你看不出　她少一个卵巢

一般来说　那只是报道

每天　我们的眼睛收集成千上万的资讯

它们控制着消费者的欢愉

它们一掠而过　"它"也如此

信息量　热线　和国际视点

像巨大的抹布　抹去了一个人卑微的伤痛

我们这些人　看了也就看了
它被揉皱　塞进黑铁桶里

第八天

第八天

我们创造了生物神话

第八天

科学家取代了上帝

吃着转基因食品

看着转基因艺术

写着转基因文字

活在一间巨大的实验室

不见木　　不见森林

不见泰山　也不见地球

只见一张基因排序图

显现出新物种

它们（他们）是羊？是虫？

是植物？是菌类？

是多利？玛丽？张三李四？

我们必须学会与他们称兄道弟

他们有没有四肢？

这些事情　只有科学家知道

他们有没有心？意识？潜意识？

这些事情　连科学家都不知道

我们必须学会与他们称兄道弟

转还是不转？这些基因

再次成为一个问题？

活在生命双性繁殖年代

莎士比亚可以庆幸：

他只考虑生存还是死亡！

生在二十一世纪

转基因提出了别样问题：

当两只蝴蝶想变成梁祝

是可能的

当一只蝴蝶思考它是否庄周

也成为可能

二

在考虑基因排序问题时

我也在考虑佛陀的含义

佛陀和生物时代

我总该选择其一

就像一个生物学家

变成一个僧侣　（这是事实）

完成了心灵的基因转移

佛说：意识是一条河

流下去　流下去

生命结束后　它依然流下去

大乘、小乘、金刚乘

它们全都轮回转世　生生不已

生物学说：生命是一条链

依编码呈现

可以合成、可以改良

可以与其他物种混杂

第八天，他们说的是不是同一回事？

当我左手拿着佛陀教义

右手拿着生物革命告示

我比莎士比亚更疑惑：

一千年还是一刹那？

我总该选择其一

这是两种交叉思维

或者：它们本就是同一

三

第八天，我们被带到未来社会：

每人都有一个猫兄鼠弟

或者花鸟姐妹

我们必须学会与他们称兄道弟

再也见不到牛羊无事

他们都穿着西装　匆匆行色

我们必须学会与他们称兄道弟

百姓不再下棋

IBM 智能人战胜了他们

我们必须学会与他们称兄道弟

生物时代　人类智商低下

行为迟缓　据称电脑人

有 405 项内置程序

人类只有四十二条染色体

活该倒霉受气

西元二世纪　西元八世纪

龙树菩萨　月称菩萨

告诉我们一个真理：

生命是原子　是方程式

阿弥陀佛　他们不知道

未来生物时代　是没心没肺的时代

他们也没告诉我：

心放在什么位置？

才能让我们认出彼此

鱼玄机赋

一、一条鱼和另一条鱼的玄机无人知道

这是关于被杀和杀人的故事

公元八六八年

鱼玄机　身穿枷衣

被送上刑场　躺在血泊中

鲜花钩住了她的人头

很多古代女人身穿枷衣

飘满天空　串起来

可以成为白色风筝　她们升不上天

鱼玄机　身穿道袍　诗文候教

十二著文章　十六为人妾

二十入道观　二十五

她毙命于黄泉

许多守候在屏幕旁的眼睛

盯住荡妇的目录

那些快速移动的指甲

剥夺了她们的性

她们的名字　落下来

成为键盘手的即兴弹奏

根老了　鱼群藏匿至它的洞窟

鱼玄机　想要上天入地

手指如钩　搅乱了老树的倒影

一网打尽的　不仅仅是四面八方

围拢来的眼睛　还有史书的笔墨

道学家们的资料

九月　黄色衣衫飘然阶前

她赋诗一首　她的老师看出不祥

岁月固然青葱但如此无力

花朵有时痛楚却强烈如焚

春雨放晴　就是她们的死期

"朝士多为言"——那也无济于事

鱼玄机着白衣

绿翘穿红衣

手起刀落　她们的鱼鳞

褪下来　成为漫天大雪

屏幕前守候的金属眼睛

看不见雪花的六面晶体

喷吐墨汁的天空

剥夺了她们的颜色

一条鱼和另一条鱼

她们之间的玄机

就这样　永远无人知道

二、何必写怨诗？

这里躺着鱼玄机　她想来想去

决定出家入道　为此

她心中明朗灿烂　又何必写怨诗？

慵懒地躺在卧室中

拂尘干枯地跳来跳去　她可以举起它

乘长风飞到千里之外

寄飞卿、窥宋玉、迎潘岳

访赵炼师或李郢

对弈李近仁　不再忆李亿^三

又何必写怨诗？

男人们像走马灯

他们是画中人

年轻的丫鬟　有自己的主意

年轻的女孩　本该如此

她和她　她们都没有流泪

夜晚本该用来清修

素心灯照不到素心人

鱼玄机　她像男人一样写作

像男人一样交游

无病时，也高卧在床

懒梳妆　树下奔突的高烧

是毁人的力量　暂时

无人知道　她半夜起来梳头

把诗书读遍

既然能够看到年轻男子的笑脸

哪能在乎老年男人的身体？

又何必写怨诗？

志不求金银

意不恨王昌

慧不拷银翘

心如飞花　命犯温璋

懒得自己动手　一切由它

人生一股烟　升起便是落下

也罢　短命正如长寿

又何必写怨诗？

三、一支花调寄雁儿落

——为古筝所谱、绿翘的鬼魂演奏

鱼玄机：

蜡烛、薰香、双陆

骰子、骨牌、博戏

如果我是一个男子

三百六十棋路　便能见高低

绿翘：

那就让我们得情于梅花

新桃、红云、一派春天

不去买山而隐

偏要倚寺而居

鱼玄机：

银钩、兔毫、书册

题咏、读诗、酬答

如果我是一个男子

理所当然　风光归我所有

绿翘：

那就让我们得气于烟花

爆竹、一声裂帛　四下欢呼

你为我搜残诗

我为你谱新曲

合：

有心窥宋玉

无意上旌表

所以犯天条

那就迈开凌波步幅

不再逃也不去逃

四、鱼玄机的墓志铭

这里躺着诗人鱼玄机

她生卒皆不逢时

早生早死八百年

写诗　作画　多情

她没有赢得风流薄幸名

却吃了冤枉官司

别人的墓前长满松柏

她的坟上　至今开红花

美女身份遮住了她的才华盖世

望着那些高高在上的圣贤名师

她永不服气

五、关于鱼玄机之死的分析报告

"这里躺着鱼玄机"当我

在电脑上敲出这样的文字

我并不知道

她生于何地　葬于何处?

作为一个犯罪嫌疑人　她甚至

没有律师　不能翻供

作为一个荡妇　她只能引颈受戮

以正朝纲　视听　民愤等等

这里躺着鱼玄机　她在地下

大哭或者大骂　大悲或者大笑

我们只能猜测　就像皇甫枚——

一个让她出名的家伙

猜测了她和绿翘的对话

当我埋首于一大堆卷宗里

想象公元八六八年　离我们多远

万水千山　还隔着一个又一个伟大的朝代

多么年轻呵

她赋得江边柳　却赋不得男人心

比起那些躺在女子祠堂里的妇女

她的心一片桃红

这里躺着鱼玄机　她生性傲慢

活该她倒霉　想想别的那些女诗人

她们为自己留下足够的分析资料

她们才不会理睬什么皇甫枚

那些风流　那些多情的颜色

把她的道袍变成了万花筒

多好呵

如果公元八六八　变成了公元二〇〇五

她也许会从现在直活到八十五

有正当的职业　儿女不缺

她的女性意识　虽备受质疑

但不会让她吃官司　挨杖毙

这里躺着鱼玄机　她在地下

也怨恨着：在唐代

为什么没有高科技？

这些猜测和想像

都不能变为呈堂供证

只是一个业余考据者的分析

在秋天　她必须赴死

这里躺着鱼玄机　想起这些

在地下　她也永不服气

一　鱼玄机，唐时著名女诗人、女道士。绿翘是她的侍女。
　　后鱼玄机因杀婢而被处极刑，又传此案为一冤狱。
二　引自唐时皇甫枚《三水小牍》。指鱼玄机死时，许多朝士
　　为她进言洗罪。
三　这些都是与鱼玄机有过交往的诗人。

致阿赫玛托娃

因为晨昏酗酒般的黄色公寓

我向你致敬

因为优雅不足以烘烤成面包

我向你致敬

因为蜿蜒队伍中你曾佝偻而立

我向你致敬

因为绕行三圈　后人最终辨出这居所

我向你致敬

统共三间的房屋你搬来搬去

如今只剩黑白肖像瞪着你

没有主人公的房间人流不息

没有主人公的长诗无人续尾

唯有三间居所遗世而沸腾

唯有当年穿行于此的脚步

鼠窜的、心悸的、懒洋洋的

甜蜜的脚步

唯有当年的咆哮、蝇语、尖叫

以及酒和血都浇不透的心中块垒

唯有黑暗　能回到过去

除了旧皮箱仍在刀锋般闪亮

它塞满另一世界的书信

除了解说员日复一日口干舌燥

除了未来的客人

谁千里迢迢　来与你促膝谈心?

除了把你的生命向全世界敞开

喷泉宫，你还能怎样? ^二

除了在楼梯拐角处签下留言

向你致敬　除了自拍

除了风驰电掣般狂按快门

然后气息奄奄地融入商业大街

我还能怎样?

一个三流的时代

争取一个三流的下午已属不易^三

许多聪明人来至这里　来了又走

许多书籍　美丽精致

镶嵌画般装潢了你

如同这幢看似简朴的故居

装潢了你的苦难

唯有苏联的心灵不能装潢[四]

唯有一代人的存在永不落幕

唯有诗　不能弯曲

我立足于此

仍然听见他们来自地底的声音

一　阿赫玛托娃与第三任丈夫尼古拉·普宁住在苏联作家协
　　会分配的喷泉宫里的房间，普宁的前妻也住在这间三居
　　室。阿赫玛托娃后期一直住在这里，她与普宁分手后也
　　未搬出，而是与普宁前妻调换了房间。——作者
二　喷泉宫：圣彼得堡的谢列梅捷夫宫殿，后为苏联作家协
　　会占用。现为她的故居博物馆。2014 年我前往参观后
　　写下此诗。——作者
三　布罗茨基曾有诗句"这是一个二流的时代"用以描述他
　　那个时代，在我看来，现在却已是三流时代。——作者
四　苏联的心灵，此句来自于以赛亚·伯林的著作《苏联的
　　心灵》。——作者

蓝 蓝

生于山东烟台，祖籍河南。出版诗
集有《含笑终生》《情歌》《飘零的
书页》等多部，另有散文随笔集、
童话集，以及长篇童话多部面世。

蓝蓝的诗

沙漠中的四种植物　135

百合　137

在有你的世界上　138

让我接受平庸的生活　139

在小店　140

野葵花　141

鹤岗的芦苇　143

在我的村庄　144

谈论人生　145

春夜　146

母亲　147

变化　148

歇晌　149

正午　150

只有……　151

你是　152

永远里有……　153

风　154

山楂树　155

真实　156

火车，火车　157

玫瑰　159

给佩索阿　160

恐惧　161

我知道　162

诗篇　163

一切的理由　168

消失　169

未完成的途中　170

短句　173

矿工　174

无题　175

在大师的客厅里　176

几粒沙子　177

活着的夜　180

从你——我祝福自己　181

我的姐妹们　182

祝福　183

小丑之歌　185

废墟　188

三八节，在里昂旅馆里想到　1

无题　191

嫖宿幼女罪　192

即便如此　194

抑郁症　195

这样的诗人　196

震惊　197

沙之书　198

差别　199

哥特兰岛的黄昏　200

我说不出道理　202

沙漠中的四种植物

红　柳

她跟我说着河流。地下滚滚的泉水。

而沙砾和碎石埋着她的沉默。

从那里她柔弱的头颅开出粉红色湿润的花来。

沙枣树

风修剪着灰绿的叶子。

阳光把最明亮的颜色给她。

白昼的荣耀。

她不统治。也不羡慕。

她是她自己毋须梦想的样子。

大地痛苦挤榨出的甜涩果实。

骆驼刺

沙漠造成真理的铅灰色
为了被她最小的勇气刺破。

退回沉默中的教养。在
旷日持久的干旱和疾风中她有着
对自身不公平命运的无言顺从。

仿佛在完美的幸福中。

梭梭柴

抓起大地。直至
把沙砾下的海提到半空中。
她倾泻，浇灌荒凉的风景以及

旅人过于容易干枯的眼睛
——带着折断绝望的力量。

百

合

她昏了过去。

香气托起柔软的腰
慢慢把她放倒在沉醉里。

一群迷惘的蜜蜂
将它们做梦的刺
伸进花萼温柔的弯曲中。

在有你的世界上

在有你的世界上活着多好。

在散放着你芦苇香气的大地上

呼吸多好

你了解我。阳光流到你的唇旁

当我抬手搭衣服时我想。

神秘的风忽然来了。你需要我。

我看到你微笑时我正对着镜子梳妆。

夜晚。散开的书页和人间的下落

一朵云走过。我抬头望着。

在有你的世界上活着多好。

下雪的黄昏里我默默盯着红红的

炉火。

让我接受平庸的生活

让我接受平庸的生活

接受并爱上它肮脏的街道

它每日的平淡和争吵

让我弯腰时撞见

墙根下的几棵青草

让我领略无奈叹息的美妙

生活就是生活

就是甜苹果曾是的黑色肥料

活着，哭泣和爱——

就是这个——

深深弯下的身躯。

在小店

去年的村庄。去年的小店
槐花落得晚了。
林子深处，灰斑鸠叫着
断断续续的忧伤
一个肉体的忧伤，在去年
泛着白花花悲哀的盐碱地上
在小店。

一个肉体的忧伤
在树荫下，阳光亮晃晃地
照到今年。槐花在沙里醒来
它爬树，带着穷孩子的小嘴
牛铃铛　季节的回声
灰斑鸠又叫了——

心疼的地方。在小店
离开的地方。在去年

野葵花

野葵花到了秋天就要被
砍下头颅。
打她身边走过的人会突然
回来。天色已近黄昏，
她的脸，随夕阳化为
金色的烟尘，
连同整个无边无际的夏天。

穿越谁？穿越荞麦花的天边？
为忧伤所掩盖的旧事，我
替谁又死了一次？

不真实的野葵花。不真实的
歌声。
扎疼我胸膛的秋风的毒刺。

鹤岗的芦苇

谁藏在细细的苇秆里

听风在叶子上沙沙地走？

谁　用最轻的力量

把我举起　举向他自己

假如秋天来临

假如有谁追问我的出身

我看见秋天活在一根芦苇上

呼唤我进去

湮没或者　下沉

芦花像一场铺天盖地的大雪

纷纷落满湖泽

我看见几只灰鹤纸鸟一样

斜斜飘过沙岗

消失在远处的沉默里

我是不是可以这样回答

黑暗里的拷问

我背负太重而欠得又太多

一片一片飞逝的芦花：

伤心的。

小小的。

在我的村庄

在我的村庄，日子过得很快

一群鸟刚飞走

另一群又飞来

风告诉头巾：

夏天就要来了。

夏天就要来了。晌午

两只鹌鹑追逐着

钻入草棵

看麦娘草在田头

守望五月孕穗的小麦

如果有谁停下来看看这些

那就是对我的疼爱

在我的村庄

烛光会为夜歌留着窗户

你可以去

因那昏暗里蔷薇的香气

因那河水

在月光下一整夜

淙潺不息

谈论人生

他好像在讲一本什么书。

他谈论着一些人的命运。

我盯着他破旧的圆领衫出神。

我听见窗外树叶的沙沙声。

我听见他前年、去年的轻轻嗓音。

我看见窗外迅速变幻的天空。

不知何时办公室里暗下来。

他也沉默了很久很久。

四周多么宁静。

窗外传来树叶的沙沙声。

春
夜

春夜，我就要是一堆金黄的草。

在铁路旁的场院

就要是熟睡的小虫的窠

还没离开过，我还没有爱过。

但在茫茫平原上

列车飞快地奔驰，汽笛声声

一片片遥远的嘴唇发出

紫色的低吟　它唱着往事。

唱着路过的村庄

黑黝黝树林上空的红月亮

恍然睡去的旅人随着车轮晃动

这一垄清翠的庄稼在深夜飞奔！

它向前飞逝。我就要成为

夜里写下的字。就要

被留在空荡荡的铁轨旁

触到死亡的寒冷。

还没醒来过，我还没有呼救过。

母亲

一个和无数个。

但在偶然的奇迹中变成我。

婴儿吮吸着乳汁。

我的唇尝过花楸树金黄的蜂蜜

伏牛山流淌的清泉。

很久以前

我躺在麦垛的怀中

爱情——从永生的荠菜花到

一盏萤火虫的灯。

而女儿开始蹒跚学步

试着弯腰捡起大地第一封

落叶的情书。

一个和无数个。

——请继续弹奏——

变
化

光线改变了物体

犹如你改变了我

此刻，出现了阴影、曲线

而从前我并不知道

这些我的影子！　我

运动的面孔

流星、草叶和石上的青苔

众多亲眷　系在

我身上的细线——

你的爱与它们相等

你明了这些——

我　世界的幸福与不幸

一颗砝码　与一架天平

歇
晌

午间。村庄慢慢沉入
明亮的深夜。

穿堂风掠过歇晌汉子的脊梁
躺在炕席上的母亲奶着孩子
芬芳的身体与大地平行。

知了叫着。驴子在槽头
甩动尾巴驱赶蚊蝇。

丝瓜架下，一群雏鸡卧在阴影里
间或骨碌着金色的眼珠。

这一切细小的响动——
——世界深沉的寂静。

正午

正午的蓝色阳光下
竖起一片槐树小小的阴影

土路上，老牛低头踩着碎步
金黄的夏天从胯间钻入麦丛

小和慢，比快还快
比完整更完整——

蝶翅在苜蓿地中一闪
微风使群山猛烈地晃动

只有……

只有夜晚属于梦想。

只有寂静的林木

槽头反刍的牲口

只有正午蜜蜂嗡嗡的飞舞——

泉水的倾听。火中的凝眸。

只有一个人轻轻脚步的风暴。

粗糙的树干将别离掩入

怀中——

只有风鼓起窗幔……

只有稿纸静静的水底

沉睡着万物连绵无尽的群山——

你

是

秋天。你说。

（你是秋天？）

听，杨树叶的沙沙声。

（你是杨树的沙沙声？）

坐在草地上。

（你是草地，或者草地是你？）

还有羊蹄甲花——

现在我看见你了，

和你带来的它们

但你不是它们

它们不是你。

杨树的沙沙声不是。

草地不是。还有

羊蹄甲花也不是。

永远里有……

永远里有几场雨。一阵阵微风；

永远里有无助的悲苦，黄昏落日时

茫然的愣神；

有苹果花在死者的墓地纷纷飘落；

有歌声，有万家灯火的凄凉；

有两株麦穗，一朵云

将它们放进你的蔚蓝。

风

风从他身体里吹走一些东西。

木桥。雀舌草叶上露珠矿灯的夜晚

一只手臂　脸　以及眼眶中

蒲公英花蕊的森林。

吹走他身体里的峡谷。

一座空房子。和多年留在

墙壁上沉默的声音。

风吹走他的内脏　亲人的地平线。

风把他一点点掏空。

他变成沙粒　一堆粉末

风使他永远活下去——

山楂树

最美的是花。粉红色。
但如果没有低垂的叶簇

它隐藏在荫凉的影子深处
一道暮色里的山谷；

如果没有树枝，浅褐的皮肤
像渴望抓紧泥土；

没有风在它少年碧绿的冲动中
被月光的磁铁吸引；

没有走到树下突然停住的人
他们燃烧在一起的嘴唇——！

真
实

死人知道我们的谎言。在清晨
林间的鸟知道风。

果实知道大地之血的灌溉
哭声知道高脚杯的体面。

喉咙间的石头意味着亡灵在场
喝下它！猛兽的车轮需要它的润滑——

碾碎人，以及牙齿企图说出的真实。
世界在盲人脑袋的裂口里扭动

……黑暗从那里来

火车，火车

黄昏把白昼运走。窗口从首都
摇落到华北的沉沉暮色中

……从这里，到这里。

道路击穿大地的白杨林
闪电，会跟随着雷
但我们的嘴已装上安全的消声器。

火车越过田野，这页删掉粗重脚印的纸。
我们晃动。我们也不再用言词
帮助低头的羊群，砖窑的滚滚浓烟。

轮子慢慢滑进黑夜。从这里
到这里。头顶不灭的星星
一直跟随，这场墓地漫长的送行
在我们勇气的狭窄铁轨上延伸

火车。火车。离开报纸的新闻版
驶进乡村木然的冷噤：

一个倒悬在夜空中

垂死之人的看。

玫
瑰

她是礼服。离开植物学或

修辞学的戏台后

也是。

洗碗布旁过于洁白的封面。

即便没有别的鲜花，她们

仍然是女王。

每一个都是。

被卑微加了冕。

给佩索阿

读到你的一首诗。

一首写坏的爱情诗。

把一首诗写坏：

它那样笨拙。结结巴巴。

这似乎是一首杰作的例外标准：

敏感，羞涩。

你的爱情比词语更大。

惊惶失措的大师把一首诗写坏。一个爱着的人

忘记了修辞和语法。

这似乎是杰出诗人的另一种标准。

恐惧

恐惧！……玫瑰茎上的小刺
你的手还在犹疑。
那足以拎起你衣领的激情
使你悬空。楼顶飞快旋转

玫瑰有优雅的楼梯。芬芳的门
通向深渊。……你
伸出的胳膊比身体长

紧紧抓住生活的栏杆。
直到有一天，你突然张开手，说：

我不怕了。

——玫瑰，所有的刺都在这里。

我知道

我知道树叶如何瑟瑟发抖。

知道小麦如何拔节。我知道
种子在泥土下挣破厚壳就像
从女人的双腿间生出。

我看到过炊烟袅袅升起，在二郎庙的山脚
树林和庄稼迅速变换着颜色。
山谷的溪水从石滩上流走
淙淙潺潺，水声比夜更辽远。

这一切把我引向对你的无知的痛苦。
我知道。

诗

篇

1

　　我愿为爱而死，爱却让我活得长久；

2

　　给我悔恨。给我痛哭。

　　给一朵百合花黎明时爱情的颤抖。

　　给我长久的绝望和最终

　　落在餐桌旁黄昏的宁静。

3

　　我不知道到底爱上谁更早：

　　土炕，木窗外北方的大熊星；

　　夏夜有露水的石凳；和

　　你微笑的眼睛——它们

　　刚刚哭过。

但请相信，由你我爱上了陌生人。
修自行车的，种菜的。

我把你冰凉的脚抱在怀中，当它走过
我身体的道路；

大地睡去。你是我沉沉的呼吸。

你的肩胛里保存了一座不会毁灭的城市。
神啊，让我关掉灯吧！

在一场旋风的被单里躺下，山谷
你双腿深处的风暴呼啸着
穿越城镇的楼群。

黑夜列车驰过时铁轨的震颤。

半月在我凹陷的双乳间

你俊美而疲惫的头埋下来；

8

你嘴唇上的火。

你小腹中燃烧着静静的灯。

9

你插进我。不断地

像干渴挖掘自身的泉水。

勇敢。光荣。

以孤独的献身穿越一个女人，加入

草木、黎明、溪水以及

万物江河的奔涌。

10

我抱紧真理，忍不住快乐尖叫

——被神对幸福的理解所允许。

这是晚点的车站在追赶灵魂的列车；
是个人神话的复活来自
一个信仰同土地的结合。而
你是一个星球；

我胸口的首都。

我爱它。

街道。村庄。贫困的放牛人。争吵。
廉价的装饰。牢骚。冲突。每天的
炊烟。石磨里的耐心。夜晚。白天。
突然涌出的热泪。

你，我的麦穗。我的田亩。

一个宇宙在你血管的茫茫深处。

哦，海浪！让我的世界

呼吸，靠近有风的瓶口；

我攥紧你的手，在慢慢死去的星球那

无知无觉的变凉中；

14

只有受苦的爱那泪水的光芒是热的

一切的理由

我的唇最终要从人的关系那早年的

蜂巢深处被喂到一滴蜜。

不会是从花朵。

也不会是星空。

假如它们不像我的亲人

它们也不会像我。

消
失

消失。

比死亡远，比拥抱近。

我接受遗产，你所奖赏的：

寂静。

你的赐予，我遵从。

在这横亘的安宁中我拥有

无限的时刻。广袤夜空中的群星。

金色的你的身体在闪烁，到处都是。

金色的你的嘴唇。金色的!

麦田把它逝去的韶光种植在

我命运的屋顶。

未完成的途中

……午夜。一行字呼啸着

冲出黑暗的隧道。幽蓝的信号灯

闪过。一列拖着脐带的火车

穿越桥梁，枕木下

我凹陷的前胸不断震颤。它紧抵

俯身降落的天空，碾平，伸展

——你知道，我

总是这样，摇晃着

在深夜起身，喝口水

坐下。信。电话线中嗡嗡的雪原。躺在

键盘上被自己的双手运走。翻山越岭

从水杉的尖顶上沉沉扫过，枝条

划破饥渴的脸。或者，贴着地面

冰碴挂上眉毛，你知道，有时

我走在纬四路的楝树下，提着青菜

推门，仿佛看到你的背影，孩子们快乐尖叫

冲过来抱着我的腿。雨从玻璃上滴落。

屋子晃动起来，轮子无声地滑行

拖着傍晚的炊烟。那时，市声压低了

楼下的钉鞋匠，取出含在嘴里的钉子
抢起铁锤，狠狠地搠进生活的鞋底，毫不
犹豫。这些拾荒的人
拉着破烂的架子车，藏起捡到的分币
粗大的骨节从未被摧毁。你知道，端午时节

蒿草浓烈的香气中，我们停靠的地方
布谷鸟从深夜一直叫到天亮，在远处的林子里
躲在树荫下面。你睫毛长长的眼睛
闭着。手边是放凉的水杯和灰烬的余烟。站在窗前，
我想：我爱这个世界。在那
裂开的缝隙里，我有过机会。
它缓缓驶来，拐了弯……

我总是这样。盯着荧屏，长久地
一行字跳出黑暗。黝黝的田野。矿灯飞快地向后
丘陵。水塘。夜晚从我的四肢碾过。
凄凉。单调。永不绝望
你知道，此时我低垂的额头亮起
一颗星：端着米钵。摇动铁轮的手臂

被活塞催起——火苗蹿上来。一扇窗口

飘着晾晒的婴儿尿布，慢慢升高了……

短
句

已经晚了。在我

迷路之前。

我喜欢这个——

疯狂。这最安静的。

可以拖着你所经历的来爱我但恐惧于

　　用它认识我。

我将是你获得世界的一种方式：

每样事物都不同因而是

　　同一种。

矿工

一切过于耀眼的，都源于黑暗。

井口边你羞涩的笑洁净、克制
你礼貌，手躲开我从都市带来的寒冷。

藏满煤屑的指甲，额头上的灰尘
你的黑减弱了黑的幽暗；

作为剩余，你却发出真正的光芒
在命运升降不停的罐笼和潮湿的掌子面

钢索嗡嗡地绷紧了。我猜测
你匍匐的身体像地下水正流过黑暗的河床……

此时，是我悲哀于从没有扑进你的视线
在词语的废墟和熄灭矿灯的纸页间，是我

既没有触碰到麦穗的绿色火焰
也无法把一座矸石山安置在沉沉笔尖。

无
题

我不爱外衣而爱肉体。

或者：我爱灵魂的棉布肩窝。

宁静于心脏突突的跳动。

二者我都要：光芒和火焰。

我的爱既温顺又傲慢。

但在这里：言词逃遁了，沿着

外衣和肉体。

在大师的客厅里

学术里没有血渍。平静里
也没有。

深秋的菊花光着身子
在寒风里瑟瑟发抖。

从什么时候起，你不再
热爱那些聪明的著述，字典里的
伟大智慧？

你的头发越来越像枯萎的花瓣
在寒风中瑟瑟发抖！

几粒沙子

人们不会询问泪水。他们倾向于带来
平面的事物。在那上面有着被黑布覆盖着的
鹅卵石面包。

不幸不属于大众。那最个人的
仍然是一个吻在离开它热爱的花朵时
滴下血，增添了世界的鲜艳。

武器。矿难。欣欣向荣的房地产。
各占据一块版面。

其中的炸弹碎片里逃出一只活鸟
在和平国度的窗外击中一个诗人的昏迷

它的深洞，它眼睛里的黑。

有时候我忽然不懂我的馒头
我的米和书架上的灰尘。

我跪下。我的自大弯曲。

树叶飘落。豆子被收割。
泥土在拖拉机的犁头后面醒来。

它们放出河流和风在新的旷野上。

我们自身的脚镣成就我们的自由
借助时间那痛楚的铁锤。

所有掷向他人的石块都落到我们自己的头顶。

干渴的人，我的杯子是你的

你更早地赐予我有源头的水。

7

幸福的筛子不漏下一颗微尘。

不漏下叹息、星光、厨房的炊烟

也不漏下邻居的争吵、废纸、无用的茫然。

除了一个又一个

清晨。黄昏。

活着的夜

居然，居然依旧美丽……这
眼前的夜。茉莉花叶子簇簇的夜
一双刺瞎的眼更清晰地看见——

伤害祝福它！

受苦的人不会是一尊神。
人间没有台阶
而我将忘掉这一切。

我呼吸这活的夜。如此缓慢
搬动光明之词的黑暗。
又一次分娩：对于任何人
那松开的愤怒。

我试图理解：在一双错乱的手掌下
多出誓言的那部分并未
隔着人的心脏被它触摸。

我俯身嚎啕仅仅是因为利刃
而生出了盔甲！

从你——我祝福自己

从你——我祝福自己。

用沉默的伤口。用树林和庄稼地。

用玫瑰和百合

其中必须的一种。

我看见你低垂的头

一片白发的梦魇停泊。

我祝福它的哀伤

发光宛如泪水。

我认出那幸存的纯洁。

你。我爱你。

我从未曾经爱过你。

时间迎接我。

我的姐妹们

"一个女人,"她说,"我的姐妹们

难道不是同一个?

你们苍白的嘴唇,被爱情

撑起的骄傲的乳房

你们被男人爱过的悲伤的大腿

种植了多少春天的树林?而那衰老

干瘪的胸腹里,岁月的河流正通过沉沉黄昏。

当孩子长大,男人们也离开

你们向着死亡和深夜行走

当年轻的白杨腰肢弯成朽木

你们在伤害和宽恕中将爱完成。

啊,娇嫩的嘴唇,黄金的皮肤!

愿你们诅咒那石头里的永生——

和一个从未松开的怀抱相比,碑上的铭文

难道不比头发间的泥土更黑、更冰冷?"

祝
福

没有分离，没有隔绝，
我的身影徘徊在你四周的墙壁
叹息轰响了你身边的桌椅

我的脸会落进你每天的水杯、碗筷、电脑的屏幕
所有的新生活都穿着往日的皮肤
我是笼罩你房屋的一阵巨痛

你将会看到我的笑容，在另一个女人的脸上
我的眼睛在她的眼眶里
朝你悲哀地张望！

当她微笑，发出我的嗓音
你们双颊相触，却碰到我冰凉的嘴唇
这刚开始就已陈旧的故事

带着我给予你的快乐把她抱紧吧！在你们中间
我熟悉你的身体，熟悉它每一个细小褶皱的激动
在你们滚烫的四肢下，我缝补的床褥

每一条棉线都在低声哭喊我的名字

你会迎面看到我的脸孔、小腹

你双手握住的乳房将是我烧得发红的哀鸣

我是她，无数女人中的又一个女人

而那银色的月光照临，从窗帘和枕边

你的耳畔回响起我快乐的歌声，不会是别人

亲爱的人，你定会穿越这些啜泣

所有的誓言已被空气和大地铭记

它们绝不会抛弃自己最宠爱的女儿

但……此时，这些可怕的诗句拐了弯

它透过蒙眬的泪眼，露出一丝温柔凄凉的笑意

它说：相爱的人啊，

——愿你们快乐，祝你们幸福

愿我的爱在你们的爱情中最终完成。

小丑之歌

锣鼓开场——

欢呼声里，没有无辜的人。

用一种地域性文字说话，但那不是地理学。

而国家意识：和平彩旗装饰的炮口。

你手下的道具和纸张有着苍白的脸

幸运逃脱的道路

从那里，闪烁一道枷锁的光。

别着急，慢慢等——

穿上你的花格外衣，大皮鞋

红鼻头暴露了神圣的破绽。

魔术就是这个：一朵花

霎那成为匕首。权杖

抖出了一方红绸。

多么鲜艳！嗜血的目光

也曾渴望平等。而平等需要祭献

需要高出地平线的理由：

——田野荒芜

但转基因大豆令杂耍场可笑地打滑

空置的别墅旁，就是张灯结彩的售票口。

虎豹来了，哈巴狗在做算术

继续演出——刽子手曾是烈士

起义者则请进了包厢。孩子们举着气球

忘记课本里的债务。

拉幕人知道，你从一本书里钻出来，但

别把它打开。

你摇晃在钢丝绳上，但

别往下看。

深渊在歌唱。火在歌唱。

堕落的礼花却渴望崇高的天空。

——没错！我的歌献给做鬼脸的小丑：

你摘下滑稽的帽子，猛地揭开帷帐——
那被观众目光掩护的黑暗机关
穿了帮。

黑暗剧场，鸦雀无声。

废
墟

废墟里有着自由那

奇怪的阴影

在徘徊。在咳嗽

清理嗓子

它也迷恋可能的解放

所以，它也赞美。

但是，只赞美高度

在瓦砾和低矮的野草之上

深处的蛇悄悄游动。

盯着无数脚跟的盲目

爬上供品的祭台，花朵枯萎着

这是必然的枯萎。这是

必然的乌鸦驮来了成功者要求的黄昏。

这首诗或许写得太早，但已经太晚——

世界各处都在倒塌

那高大的殿堂。那废墟的主席台

还会重建，因为自由的阴影

在徘徊，咳嗽

在话筒前又开始清理嗓子。

三八节，在里昂旅馆里想到

先生，您的掩体里全是匪徒。
这不是因为人们抱怨下雨
而是因为一声被打碎了头的
女人的惨叫。

若是这些话激怒了您，我能看到
这也是一个警察的反应。

事实上，我在远离中国的一个小旅馆中
窗外是卡尔诺广场，站在夜色中的青铜女神
一手举着橄榄枝
另一只手牵着一头狮子。

无
题

他们偷偷地爱着女诗人：
——溜进她的闺房，抚摸她的床
那些针线、香包
以及砌造了诗神基座的
　　笨重瓦刀

他们用长矛挑开衣柜
吃惊地打量里面破烂的盔甲
蛛网下露出的刀把
匕首刺穿绣在一件胸衣上
　　热情的玫瑰花——

啊，沉默的男人们
——这一切都不曾被人写下！

嫖宿幼女罪

写完这首诗，我就去洗手。

再刨一座墓坑
父亲们便可以恸哭。

祝愿世上的人都瞎了眼睛——
一个女童赤裸着蹲在床头
捂着脸发抖。

汉语也可以犯罪
在她身上留下烧焦的耻辱。

医生不能治愈泪水
法官大人——你也不能。

谁发明了这个鲜嫩的词
供一群野兽饕餮？

这片土地除了活埋孩子
还能搭起多少台歌舞晚会？

从没有这样的土地。从没有

这样一首受诅咒的诗！

即便如此

但我还是想把目光投向
因为怀孕而变得沉静的母鸡闪亮的背羽上
她在树下安静卧着
树在午间的微风中轻晃……

但我还是想低头吻我男人的嘴唇
那深渊，我想跳下去
猩红的晚菊花，为此快点开放吧

但我还是想写一写云彩在天上漫步
举着雪白的伞，向牧场里
牛的蓝眼睛投下一道清凉的阴影

……胆怯，懦弱，随波逐流
我那不怎么样的德行
并非接受一切龌龊的理由。
我还是想——我还是想——

当我的手因为曾伸进污水而变得肮脏
我依然希望用它
把我的脸洗干净

抑郁症

疾病是不想死去的良知的消毒室，失眠是

长夜被簌簌摇曳着的苏醒。呼吸

在你麻木的肩胛骨砸进

长长的钢钉。

而你有一个带着高压电的悲伤脖子。

没有比伤痛更完整的人，你被

田野和诗行的抽搐找到。哭喊用它最后弯曲的微笑

献给了窗外未被祝福的夏天。

只有寒冷在后背抓紧了你的滚烫。

这片大地的沉默

几乎装不下那样的生命。

这样的诗人

你不停地写着衰老的句子，在你拿笔前
就已经衰老。那些清晨。

路边刚绽放的凤仙花。
一张脸的表情。

这就是你从襁褓睁开眼的原因。
明天将重新开始，那些凤仙花。

在人间它们为死亡怀孕，生下
这些句子。句子和脸。

震
惊

仇恨是酸的，腐蚀自己的独腿

恶是地狱，装着恶的身躯。

眼珠在黑白中转动

犹如人在善恶里运行：

——我用它看见枝头的白霜

美在低处慢慢结冰

居然。

沙之书

因为有人走过，沙漠不再荒凉。

有时候我感觉自己垂直的
降落，在夜晚高高的宁静中
生活的草地上开始有了露水。

孩子们白昼的喊叫在那上面
留下了珍珠。生活是如此漫长的
跋涉！干渴和烦恼的风
吹光了一个人耐心的头顶。

犹如对诅咒所回答的祝福
每一步脚底下的沙子开始涌动
直到它成为漩涡，呼唤一场甘甜的雨——

我在向大地扑去的摔疼中
拥抱了它。

差
别

在这里
他们受苦，他们幸福
他们唱歌跳舞
诉说着他们的苦难和幸福。

苦难和幸福在舞蹈和音乐里常驻。

而在另一些地方，另一些人受苦
或者幸福
他们默不作声。
蹲在屋檐下叹息或者忍受。

一阵风吹过，掩埋了他们的尸骨。

哥特兰岛的黄昏

一

"啊！一切都完美无缺！"

我在草地坐下，辛酸如脚下的潮水

涌进眼眶。

远处是年迈的波浪，近处是年轻的波浪。

海鸥站在礁石上就像

脚下是教堂的尖顶。

当它们在暮色里消失，星星便出现在

我们的头顶。

什么都不缺：

微风，草地，夕阳和大海。

什么都不缺：

和平与富足，宁静和教堂的晚钟。

"完美"即是拒绝。当我震惊于

没有父母、孩子和亲人

没有往常我家楼下杂乱的街道

在身边——这样不洁的幸福

扩大了我视力的阴影……

仿佛是无意的羞辱——

对于你，波罗的海圆满而坚硬的落日

我是个外人，一个来自中国

内心阴郁的陌生人。

哥特兰的黄昏把一切都变成噩梦。

是的，没有比这更寒冷的风景。

我说不出道理

我说不出道理，我的诗句误入

一片丛林。野草和藤蔓，一只苇鸦

带来了茫茫湖水的暮岚。我没有

道理。我的指尖碰到每个个人所在的

全部世界。我肩膀的蚕茧里

抖颤出双翅，她闯进一团

生活那炒菜的香味中。油烟，洗净的衣衫

还有秋天令人惆怅的凉风；醒来时

变得模糊的梦境，在窗帘下微微拂动。

多少年后，你没有远离。我知道，你仍在那里。

一本合上的书，汽车驶过后的安静。

我没有道理。躺在天空下，脸颊旁盛开

细碎的野花；挂满了山楂果的

青色呼吸，大地由此进入我的心脏。河水从

发丝间默默流淌。

哦，你的手指是那么温柔

带着生活的洪流吹开我的衣领：风啊

抬起沉重的身体使她轻盈地飞翔！

这不是白昼。我知道。我没有道理。但

我有夜，一艘船静静驶出我的胸膛。划动

它湿漉漉的桨，撩起水草。露珠滚过乳房

我有过一个早晨的蔚蓝，楼下的树木还在忧伤

你触摸过的那一棵突然刮起风。月亮落了

我可曾给你做饭，给孩子讲故事？

尘土落在我的肩上。

它带着我走，匆匆地，一列火车飞逝

再见，我的心上人！再见，每一天

在我嘴唇上的时光的枯萎。很快我的少年

很快我的新郎和父亲，在我怀中的婴儿

用我从不挪动的目光造你的脸。你的

有了白发和皱纹的脸，一片落了霜雪的

旷野。我没有道理。我有阳光和一辆

慢腾腾的牛车，拖着城市的广场；穿过

村庄的老槐树，我整个身体的道路，一个圆

无穷扩展的涟漪，你像一滴水珠冲进汪洋。

必定有高于我们的生命安置这一切，看——

树叶飘零，种子发芽，星辰转动

我写下它们的笔在啜泣，涨满感恩的

泪水。世界不是别的，我的心，沉默的人

电脑的嗡嗡声。暗淡的灯光。半杯水

还在桌上。停在郊外的锈蚀的车辆。油漆

剥落的门窗。梦想的轮子仍留在青春的

轨道上。生活就游荡在一把磨损的椅子中，在

泥泞的小道通往暮色深处的凄凉里。一行诗悄悄

分蘖，瞬间就绽满苞芽，仿佛在这一页发黄的田垄

开始了它每一次的春耕。真好。我说真好。我说它

就像我喊母亲，我张开手臂唤我的女儿

姥姥在缝衣裳，高大的父亲

走进我五岁的天堂。真好。

我没有道理。我误入时光的废墟就像跨入宫殿

看它残垣的藤蔓迎着太阳生长。深夜，这座星球

多么孤单。人群多么热闹而人是多么孤单，

他们居然能够交谈！

真好。我说出它就像婴儿嘴里仍含着

母亲的乳头。撩起衣襟，抚摸隆起的肚腹

是的，必死的肉体，还有眼泪，一个人微不足道的

痛苦……但，真好。我没有道理。说出这句话

就像我献出颤抖的初吻。我，三十六岁，一个女人

上班，买菜，风带着我飞得更远

我想弯下腰为你擦去鞋上的灰尘，带起一团轻微的漩涡：

——就是这个，爱。把嘈杂的生活

深深卷入它安静的水底。幸福。

我感到自己的呼吸，用粗糙的手握紧它

加上死亡：比所有的"值得"

——更多。

女性五人诗

周瓒

生于江苏。出版诗集有《哪吒的另一重生活》《松开》《写在薛涛笺上》《反肖像》等多部，另有诗歌评论著作，以及翻译著作面世。

周瓒的诗

一个诗人的功课————209

翼————210

雪的告白————212

童年的死（组诗选六首）————213

独角兽父亲————220

夸父————222

精卫————223

俄耳甫斯————226

致一位诗人，我的同行————227

匠人————228

黑暗中的舞者————229

永恒————234

父亲的手艺————235

松开————239

张三先生乘坐中巴穿过本城————241

在杨家溪————248

阻滞————251

变形记————258

在悉尼起伏的道路上（组诗选三首）————260

纽约即兴（组诗选五首）————272

反肖像————277

死在午夜降临前————279

一个诗人的功课

节制是刀刃在呐喊之前瞬息的迟疑

警觉是眼睛眨动中仍旧意识到自己的位置

坚定是石头被海啸带动后学会了游泳

自由是与锁链共舞，看谁先踩准

音乐中的最弱音，然后请对方来一段独白

一整出戏剧发明了一个个夜晚

当帷幕拉上，重复是回到身体时

关节和肌腱相互致敬，只有一次是有效的

拉伸运动测试你的诚实如飞去来器

呼吸属于音乐，叩击键盘与运行笔尖

都试图与你的气息一起嬉戏，角力或彼此相容

照镜子是偷懒的行为必须严加禁止

时间是永恒的动词，正如你一旦开始

你就得披上这件外衣，戴上这面具，随时准备

摘下

翼

有着旗帜的形状，但她们

从不沉迷于随风飘舞

她们的节拍器（谁的发明？）

似乎专门用来抗拒风的方向

显然，她们有自己隐秘的目标。

当她们长在我们躯体的暗处

（哦，去他的风车的张扬癖！）

她们要用有形的弧度，对称出

飞禽与走兽的差别

（天使和蝙蝠不包括于其中）

假如她们的意志发展成一项

事业，好像飞行也是

一种生活或维持生活的手段

她们会意识到平衡的必要

但所有的旗帜都不在乎

这一点；而风筝

安享于摇头摆尾的快乐。

当羽翼丰满，躯体就会感到

一种轻逸，如同正从内部

鼓起了一个球形的浮漂

因而，一条游鱼的羽翅

决非退化的小摆设，它仅意味着

心的自由必须对称于水的流动

雪的告白

（For Si-an）

我只有一片，或者说，只有一个我

你看这漫天飞舞的，都是我的分身

呵，你会笑我竟相信传说中的忍术

既然你也严肃地讨论过童话的真假

就在这样一个早晨，你从地铁里出来

看到整军团整军团的我，侵袭这个城市

看啊！一只喜鹊衔着一根树枝

疾驰而过，要修补她其实相当稳固的窝巢

你凝视天空时，可曾体会到一种慢中的快

我在飞，又在降落，在槐树细致的枝桠间嬉游

和你的目光捉迷藏，隐身于悬挂在梧桐树顶的枯枝

我在大地和屋顶铺展，亲吻你的双脚，填充你的镜头

我乐意如此：致力于冬的舞蹈，活跃于你我之间

言语的蜜，又远又近，风的唯一……

童年的死（组诗选六首）

唤起记忆即唤起责任。

——雅克·德里达

欠债者

他用告别的方式偿清了

他在尘世欠下的钱财　却把

借来的一根绳子　永久地拖欠

仿佛所有活人都成了债主

他们暗暗谴责他　一了百了

而一个初次目击了死亡的孩子

欠下对于人生不变的恐惧

死　并不可怕　它只是拉长了

一个人的身体　把他的影子

张贴在记忆中的土墙上

它还将一个老人在世时的声音

关在了墙缝中……她多次

从梦中惊醒　听到他的语音

对她唠叨天气　蜜蜂

和夏天的蚊虫　（孩子不懂得

厌烦） 虽然生活正以厌烦的加速度

到来 容颜易变——死去的老人

永不再老去 他身形修长

在梦中的路口 唤起她成长的热情

垂钓者

白天 老人来河边钓鱼

孩子坐在树下 惊异于

垂钓者从容不迫 担心鱼儿

无常的命运 老人的白天

就这样被孩子目睹 而他的

夜生活 她无从猜想

只晓得 远在一片竹林里

老人的小屋若隐若现 孩子从未

走近深绿的竹荫 但她

守候过老人 小河边 雨水天

斗笠下的白胡子 闪着银光

犹如鲫鱼的肚皮 鱼儿的命运

装在竹篓里 被他拎走

整个夏天 雨水和小河

顺着老人的身影流淌 树下

孩子的板凳陷到了土里　担心着

鱼儿水下的命运　她们来了又去

把鱼饵含在口中又吐掉

有时候　她们中的一个

会侥幸地上钩　被老人带走

走上另外的命运　见人　谈话　微笑

有礼貌……孩子聆听老人的教诲

夏天不利于孩子成长　夏天的身体

暴露　蚊虫的热情　像鱼儿从水中

让老人领走　布满死亡烂臭味的夏天

离我们太近　某夜　竹林小屋

老人死于谋财害命

人们传言——多的鬼魂追上了他

溺水者

夏天的孩子善于在田野

奔跑　跌倒　歌唱

女孩们上身裸露着　初尝

害羞滋味　而全身光光的

男孩们跳下小河　模仿着

小鱼儿的泳姿　激起水的欢跳

不知道危险在即　传说在上演

鬼差撑着木盆　漂行水上

彭祖的歌中唱道

　　　　我彭祖活了八百春

　　　　没见过木盆水上撑

男孩们也唱　水花淹没歌词

彭祖唱罢　命丧黄泉

　　　　——他中了死神的计

男孩们唱罢　向女孩们抛掷水花

一个女孩在岸上垂下眼　水花

被太阳照亮　太夺目　太晕眩

她初尝失落滋味　嫉妒

风儿的舞蹈和水花的歌唱

而不露面的命运也做了如下安排

带着对河水的热爱死去的

却是那一个年轻好奇的女孩

灰喜鹊

她总是听见它们的谈话

她破译着　像传说中的公冶长

它们中的一个从远方归来

兴致勃勃　讲述它的历险

其他的伙伴们争着嚷嚷　相信或

怀疑　拖长着音调　无比轻蔑呀

讲述者的声音不再欢快　好像

被揭穿了底似的　或者是累了　啊

是不屑于　不屑于同无知者啰嗦

而妈妈总是骂她　说话的担子

闭嘴吧　灰喜鹊

你个子小　也挑不动担子

而某一天　一只灰喜鹊

死在高大的槐树下　像是从

睡眠的窝巢中跌下

尖嘴闭得紧紧　而她

年龄太小　破译不了死的沉默

代罪的猫

他们吊死它　在一次战斗结束后

战斗发生在两群孩子中间

一方称为八路军　一方称为鬼子

他们的战斗在生产队的晒场

和仓库一带打响　五月麦收后

麦堆儿和脱粒机作了掩体

牺牲者倒在了麦秸垛的怀抱

草秸的香气他们会一辈子记住

战斗的结果永远如此　小鬼子们

死光　活捉松本或龟田大队长

最后的惩罚将由这一只

途经此地的老黑猫扮演

它被生擒　它死前的嘶叫

被他们称作鬼子们的垂死挣扎

它被判处绞刑　尽管那时候

他们还不懂得绞刑的意义　有多少

战犯　杀人者遭逢这个下场

曾外祖母的预言

你将成长为一个厉害的角色

盲眼的老妪这样预言　因为瞎

使她能够穿越黑暗时空　看到

曾外孙女漆黑一团的未来

语言成了某种透明物　拭擦着

女孩幼年的肌肤　要她在内部淤积

足够的精力　来对照身外的世界

而世界　就是你肌肤以外的一切

之和　侵入小女孩的毛孔

像露水从早晨的植物中探出

它们饱满的脑袋　关于爱　它与黑暗

紧密相连　也与梦境中的恐惧

共同构成了身体的房屋

　　你将远走他乡　从你的脚掌开始

她只能靠抚摸　才知道脚趾的间隙

遗留了通向未知死亡的距离

最后一次吃鱼　使她预见

游向天堂的溪流没有激浪

她枯萎的身躯将轻快如一片羽毛

　　追也追不上

谁能够在时光的折扇上　合上她

圆睁的灵魂　长在暗处的眼睛

独角兽父亲

雕花木床上我找到了各种珍兽

麒麟是不是独角兽？它是我的父亲

就像在拼图游戏中，我记起它的

颜色和动态。我父亲卧在

雕刻匠人们努力制作的那张大床上

我母亲则像个来去不定的精灵

她拒绝被塑造成骑跨在猛兽身上的

美少女战士，她和过去的自己争吵时

就连夏天的小溪都会停止歌唱

我的母亲爱上过独角兽吗？

雕刻匠们俯身于他们的木板

用凿子与刻刀细心地推敲他们心中的乐音

有一阵子我犹豫着要不要打破这宁静

因为我也想当一名雕刻匠啊

我在纸上画一匹独角兽

我妹妹喜欢跳舞，她一旦舞动

就停不下时间，她为发条找寻座钟

她梦想成为珍兽乐园中的莎乐美吗?

舞蹈着穿过水面,跳上苦楝树梢

她的独角兽是一名忧郁的看守

暴风雨就能轻易掀翻的草屋里

雕花大床拼合成功,雕刻匠人即将离开

可我还没有做好准备呢

我到底会是一个刻工,还是一位画师

抑或是一名驯养独角兽的少女

或者莎乐美,怀抱着独角兽头

夸父

他把那莫名的冲动领会成一个挑战

每个人生命都将经受

但他选择了一世界的对手

为使他的回应赢得彻底的完满

有人看到他跑到脱力

满身鲜血仿佛要挣脱皮肤

从每一粒毛孔中激射出来

如同一只飞奔的喷壶

还有人瞧见他强忍困倦狂跑

片刻间他就在疾走中睡着了

呵，最有效的休息

睡眠之神非他莫属

但更多的人记得他焦渴难当的模样

想象他一口气喝尽两条大河

他让河中的鱼虾无处栖身

还叫两岸的村庄干旱了三年

精
卫

1

身躯单薄如纸糊的窗扇

经受着清晨略微湿冷的风

睡足的太阳放出数百万的箭矢

驱逐彻夜占据沙滩默默无声的寒雾

那光芒的箭头发出细密的沙沙响

没入沙地仿佛隐身地洞的虾蟹

她随手抓一把沙土任其从指间流淌

留在掌心的卵石划开空气的波浪

钻进阳光的深海，惊起翅膀的漩涡

她随意来去，细致地感受

远处，海天之间摇荡的鳞片呼唤她

她褪下棉布衣衫，要去穿上那闪烁的

光芒与柔水织就的无垠的羽裳

她溺死的瞬间，可曾领悟到肉体的沉重

仿佛她的一生只是一件容器

这生命的本质启发了她，她变形或复生

在一只鸟的躯体中，抓取最轻微的武器

她不是西西弗斯，鸟儿的叫声是她的新名字

2

她本可以骑波浪，跨劲风

骄阳下自由来去耍东海

她脚步所踏之处，绿色更浓，花儿垂首

群虫争先恐后，忙着整理她的衣襟

月亮负责她安睡的夜晚

潮汐的摇篮曲跌宕于她的性

她醒来，梦悄然退入夜幕背后

她回想这重叠的生命，几乎有三层

在她的出生和死亡之间交替

她的父亲是炎帝，因此她有

火焰的脾气，海的欲望和必死的命运

当她的双足被海水浸湿

她便感到了翅膀的力量托起

那是缺席的母亲，隐身在她的双肋之间

翅膀托举着的那颗心果真是不死的

她叫着自己的名字，像一只猫

模仿着、回应着造物主赐予她的身份

她将守护的也是唯一的自由

她又一次来到这里，透过空气中

紧张的光线，她甚至听到了尘埃歌唱

为了她那刚刚失去灵魂的小小身躯

依然在海面上漂浮如一条迷航的小船

转动鸟儿的新脑袋，她试图看清

一个大海，它波浪的巨嘴里深藏的秘密

"一座挖好的坟墓"*，她听见这声音就来自她

难道一切都将回到这里，流动的归宿？

她衔着细小的树枝，坚硬的石子朝下丢去

用她安静的坚持，试着造就这座世界的摇篮

— 指大海，玛丽安·穆尔诗句。

俄耳甫斯

独唱声渐渐消弭了

歌者沉入巨大的地缝

时代的列车挖掘错综的隧道

在地下盘旋，如羽毛精湿的鸟

词语钢花飞溅

安全面罩后面，目光读出文明的失语症

失重的身体逃离地球

天堂的谎言铺陈精神的眠床

呵，他的牙齿崩裂

吞咽新闻的剩菜，请闭嘴

请进，请这边走，请去死

呵，他捶打末日，报复记忆

他忘却歌唱，数日子，他记账

他厌倦飞行，研制隐形枷锁

致一位诗人，我的同行

给你的诗必须是这样一种体式
两行平行，仿佛我们并肩走在街上

这也意味着，停顿，是在谈话中
转折，就像话题转弯，拐往另一条街

慢，是我们心仪的速度，但也不能
变成一种自我暗示，甚至借口，所以沉默

是的，很久以来我们都互相沉默
就算我们一起走过相同的路，进过同一家馆子

今天，我们有一个明确的目的
你领我去一个地方，如果我选择了跟随

那将意味着：我不再沉默，我需要一个出口
就算我们进入的，是那先行者们都曾领受过的炼狱

匠人

他曾拜名师，使用模具

他使技艺娴熟，留下过样品

又被另一幅杰作覆盖

师长们的夸赞，客户抢购

如今他离开众人

一心一意，陷入沉思

他随意拿起一块石头雕刻

期待中一个生命诞生

有一个形体，也许并不优美

也许能开口说话，也许保持沉静

她可能一直是摸索，从第一根绳线开始

她捡起来，编织，她纠缠

联系，没有师父，没有样本

当她渐渐从线团中找到结合

和网络的方向，她知道

生命已经开始，她漫不经心

用最快乐的感情

也许她因这创造而闻名，也许她永远隐姓

黑暗中的舞者

她剥落她自己，虽然她情愿

另一双手的节奏

她缓慢，又为这缓慢而羞惭

他的目光使她更快了些

但她转而选择了从容，她抬头

他在召唤，也是唤起他自身

她知道，他比她更急切些

但谁又能判断：到底是谁更急于承认

这样一种急迫性，难道不是她

自己？自己之内，又一个自己？

她的发触到自己的肩，细微的痒

撩起她的自爱：是的，她也愿

唤醒她自身，那被生活的壳

紧裹住的部分；不，她并不是在享用

禁果，她只是在揭开她自己

而他可会明白？他看，他的眼中

两束光，将这变暗的舞台

圈出两个圆柱的范围，供他们合舞

叠印，分离又渴望……他忽然想

是谁在担任这舞台的灯光师?

她伏倒，微斜，那耸出的

器官，部分地轻触着他的

肌肤，而他正在蒸腾

他不只用目光，他的双手羞涩些

也更贴切，但他怕惊动她，他怕太快

快，是一种态度，她从前想过

当第一次，她被一种蛮力左右时

她哭了，以为她已变成

一个可以完全交付出去的礼物

是的，婚姻有时就像是把双方当作礼物互赠

他以为，快，是一种力的表情，不单单

宣布了舞的节奏。他第一次裹住

一件小于他的形体，并用自己的钻，

去勘探，他看到了梦中的跋涉

哦，多么意外，一个女人是他的宝藏!

她为他的迟疑，虽然是在片刻中
感到欢喜，她可有海洋的深度？
她找寻他的手，帮他掌舵
他们的舞，要复杂些，切不可滑
到浅水中，他们的航船需要颠簸

他知道，他可以有他的俯冲
或翻腾，但不要偏航，有时候
天空会使他一阵茫然，而他的飞行器
需要开阔的自由。他微笑了
他觉得天空有时可以藏在一个洞穴中

她借助他的力，升腾自己的轻
他扎进她的深，倾泻自己的生机
她惊呼，为这播种的重量
而他叹息，那广袤令他敬畏
哦，从种子的睡眠里，他们起飞

他托起她，他们的支点稳沉而又惊险
他们把热度散发，舞的炫目浇灌着
黑暗；闪亮的背景，把他的目光吞吃
而她正在发光，她的波动更绵远

她旋转，奔突，跃起，光影凝滞着

他惊讶，欣慰，一时间忘记了
寻觅，他误以为已经找到；她的舞迷乱
他怦跳的心，暂时归于宁静
他总结：哦！舞才是她的灵魂
那一个个白天都只是些空壳！

"我在放弃"，她忽然意识到
舞引领她，舞改变她，舞找到她
而他像在等待，她以他为支撑张开了翅膀
当她起飞，她感到支点即将脱离
像携带着太空探测器的火箭

而他正全神贯注于这奋力的发射
有一刻，他凝住，像舞的定格
而她，感到一种惯性，已把她自己
推往虚空，灵魂出壳，是温暖的
温暖地带她返回，返回黑暗的静寂，与缓慢

舞如何支配舞者，他因为耗尽而苏醒
黑暗是否孕育过擦亮，她发光

并归于圆润：那时，他们更像两株

鲜亮的植物，经受了热力的雨，速度的风

在午睡的太阳里，月亮般轻轻摇晃

永恒

请温和、低声地谈论它

用本能的舞蹈寻找它

用酒的大嗓门唤醒它

用绳索解放它

用锤子的摇篮曲，引领它

用心底出声的沉默拥抱它

用行动，干净、纯粹的劳作

创造它，如一个粗野的生灵

挣扎着求生的

值得与它同饮共寝

在过街天桥上，那个须发皆白

皮肤黝黑的盲艺人

总是一丝不苟地拉着他的小曲

父亲的手艺

1

他蹲在倒支着的自行车旁

摇着脚踏板检查链条的松紧

他嘴里叼着香烟

烟雾熏得他双眼眯成两道窄缝

他会给紧涩的链条上油

油滴洒到地上，形成一幅

即兴而随意的波洛克式抽象画

淹死过几头蚂蚁，吸引过

三两只苍蝇……"由他去吧"

这是父亲的口头禅之一

他用扳手卸下一只轮子

扒开外胎，粉色棍子般

内胎软软地垂出来，像是一根

没有熏晒过的新鲜香肠

但更多的时候是瘪的

父亲给它充气，然后将它

拉进一口装满水的瓷盆里检查

漏气点很快就被找出来了

那里遇水时便冒起泡泡

我压抑着惊奇和快乐

看父亲面露喜色，从工具木箱里

找出称手的锉子，一截木头上

贴着一张布满孔点的铁皮

他用锉子沿着漏气点四周

轻轻地打磨，被锉动的部分迅速

泛白，形成一面相当规整的圆或椭圆

在这些细节上他最显手段

拉开胶水罐上的铁盖后，他把食指

伸进罐中，蘸出适量，抹在圆或椭圆处

然后让它晾着，我焦急地等待

生怕晾的时间过久

胶水失去了黏性……但父亲不慌不忙

直起身来回走动，收拾散落的工具

和零件，深吸一口后熄灭唇间的香烟

检查其他部分，拧拧螺丝，擦擦灰尘

试试滑轮的灵活度……轮子中心的

构造相当复杂，轮窝内需要一圈钢珠

紧密适中地运行。我看得出父亲

有时候会失去耐心，在这些珠子面前

型号不同的钢珠像要跟他捉迷藏

卸开轮轴的一瞬间，它们就蹦出来

有几个溜到他看不到或细心够不着的砖缝

与草丛里去了……"帮我寻寻呗"

听起来既像恳求又像命令

我倒是很乐意，但妹妹找了一圈马上放弃

我掩饰着自己痴迷于寻觅的激动

或终于找到它们的更加激动

我什么奖赏都不需要，连同父亲的赞许

我寻觅，我等待，我观察

我父亲的手艺即将延续到我身上

为此，我紧张而严肃地，爱上这倒支的自行车

2

他搬了一张板凳坐在倒支的自行车轮旁边

轮胎补好了，轮窝里上过油，钢珠子

粒粒整齐安顿在应有的位置，不多不少

现在，他开始"平盘"，就是平衡轮子之意

这是最花工夫的细活儿，他坐了下来

轮胎要充好气，轮轴两侧螺丝要松紧得当

开始之前，他深吸一口气

用一只圆碟形扳手轻轻地拧紧钢丝

轻转轮子，确保每根钢条受力均匀

猛地转一下车轮，眯起一只眼睛，侧着头

观察轮子是否有轻微的摆荡，父亲的神态

此刻最专注，不得不敷衍客人的招呼

他手下的圆圈仿佛成了他的风火轮

他正潜心练习着武功！

单手一握，轮子倏忽定住，他用拇指

与食指捏动交叉的钢条，松动的会发出吱吱响

他反复捏，反复听，然后上紧

就这样检查，一圈又一圈，直到轮子的摆幅

几乎消失。整个过程是在钢条与轮轴

之间寻求平衡，定义平衡。平衡总是

也只能是在之间存在。他直起身，仿佛宣布领悟。

松开

适量的酒精有助于展示你的性格
这并不新鲜，成长的陈年老酒
同样需要一只开瓶器，深入地
掘进自卫的长颈，"要刺得准确
动作更要审慎，稳稳地拔"

边吃边聊，这已成为二人世界
最常上演的戏剧，角色更多
对酒当歌，回忆的版本不断增加
如同考古的新成果，这倒始料未及
其实，我们都掌握了撒谎的分寸

以诚实为交流的前提，旧情重温
婚姻的牢固根基益发坚实
虽然秘密仍然是秘密，热牛奶结膜
不妨碍夜晚的睡眠，必需品
也不是大麻，或咖啡，每天的滋养

谈话，既能把意识逼向生活的针尖
又具有推拿按摩的功效，民主集中的酒精

相得益彰，二人世界，互为映衬
现在，就像我们进行过的拔河赛
一方开始松懈，决定胜利的时刻

就要到来，他忍不住窃喜，表面上
反倒更亲密："我比从前更爱你了"
当她决定松开，这婚姻中，祖传的
伦理绷带，道德拳头，就像高跟鞋
断了跟，她的赤脚踩在了马路上

张三先生乘坐中巴穿过本城

纵情的下午五点钟。目的地不明
在一生中时时遭遇他冷静反省
他一只脚探出，已经预先
了解到行程的代价：引领他的
是招手即停的想象自由
讨价还价的智力操练。而渡船费

交给吆喝者。一段需要以想象充实的
道路，首先他需要寻找到身份认同
的座位。他"在路上"的事实无需交代
像流浪汉小说中的主人公
被群蚁讲述，被唾沫阅读
被印刷机织进文明和艺术史的网结

现在，放好他那标准牌手提箱
把目光移向窗外。视点的
移动代替梦想中的高倍变焦镜头
像一个画家渴望变成机器人

他也宁愿变成一架摄像机，在飞驰中
留下一片后表现主义的油彩擦痕

2

请想象一架机器的轻松心情
改头换面的死神挥舞着它
残缺的肢体，但每一部分
都能代表整体说话
是的，"如果只是倾听死亡
我的整个生命就不是生命

而是苦难"。怀着审慎的恐惧
他回到人们中间：利客隆的二楼
像一只疲惫的消化不良的胃
正向着对面的双安商场那一对
巨幅民间剪纸式的孩童发出
被汽车喇叭篡改的断断续续的嘟哝

过街天桥僵瘦的犬腹下
道路被分割成等级制的现代平装本
书籍，打开后可供永恒的蓝衣上帝

阅读、分析，重新制定一整套关于
人类行为道德的十诫。他想象
他是以但丁进入丛林的心情踏上了中巴

3

"我们自身就成了正在被书写的诗行……"
这段道路就是例证，找不到任何
可以设想为叙事的情节成分
中巴式的抒情节奏不适合单独面对
后工业时代的大众。他忍受临时性
停车的分行就像忍受激情的放纵

太平庄、农林局、马甸和静安庄
都市中的蚊子或文字飞舞在
噪音的众声喧哗之间；而这丝毫
也不妨碍他使得周围的女性
承受被看的复杂体验。他，张三先生
一个面貌普通的男人的天赋人权

"她们中间谁最热衷于购物，仟村百货
英斯泰克还是燕莎商城？"只能从

衣着上猜想……他家有贤妻，对于
女士们的爱好算是有经验，她们中的一位
爱上叛徒余永泽，就为他的被捕
出自一个与贪吃有关的贤妻的爱好

4

一包猪肝与党的机要，爱情或革命事业
在他阅读过的书籍中构造着对立
他无暇自我论争的问题正被轮流更替
的乘客隐喻着："想上的上来了
到了地儿的就该言语一声"——历史真谛
就在对于日常语言的过度诠释中

而为什么他得是个身份明确的角色
写作者对他什么也不想演绎，也做不到
他从手提箱里拿出计算器，算一算
他最近的一笔生意能挣得多少
他年轻有为，坐在中巴里也顶多
是个准中产阶级的暴发户？

"面包会有的，一切都会有的"。他赞赏

他夹着万宝路的食指和中指分别代表的
两个国际性的文化雅号：操！胜利在望！而他
把自己准确地定位在香烟的位置
"我正在被我自己的火焰燃尽
并被我自己的烟雾缭绕"

5

"她在一朵云下离开了家"
现在他不能不回忆起他的一个旧情人
这种无聊的时候还能不滋生
后殖民心态的复杂欲望：二等兵王二
不失时机地提醒他往事如烟的愤闷
她如今在地球的另一端扮作情人

幸运的是那时候他们还算认真，而从
某种意义上讲，认真即真诚
一切都已出演了一遍：浪漫、嫉妒
自怜、仇视、乞求、放弃乃至无所谓
由动词和形容词操纵感情世界
成为他们最典型的青春期论文关键词

不过总还是肉体的召唤先于存在

的哲思；现象学的终极命题不及一次

想象中的快感所抵达的彼岸。过犹不及

她的形象却已模糊了，只好借助

一些概念化的图象升华：一个女人不就是

所有的女人？而他是他自己吗？

6

他在具体的风中品尝抽象的雨水

"如果海洋注定要决堤，就让

所有的苦水都注入我心中"

一瞬间他仿佛看见自己手执长矛，冲锋陷阵

驽辛难得晃动着惊人的速度，以终结者

怒吼的错觉，掠过路边的小旅馆和大排档

伸展"我们的睡眠，我们的饥饿"。它拐弯

驰入上帝戒律的法外情，公民规章的试验田

彩灯缠绕树枝，与公益广告牌一同

列队守卫国家的重大节日。"与我相关的世界啊！"

而谁将从他衣冠楚楚的品牌中辨认出

古典的整体性世界观？俄底修斯终将回家

年老、死亡，在一首场景式诗歌中

张三先生从农展馆下车，倒车跳上另一辆中巴

半小时后，鸡窝头的老婆会打开防盗门

迎接他——天色早已昏暗，城市丛林灯红酒绿

下一首诗将记载他遭遇靡非斯陀，而此刻

摆脱路口那三色灯的瞪视，他随我步入夜色

在杨家溪

桃花潭水深千尺

——李白

一行人里，组合规则起了作用

那是看不见的道理

谁曾细心想过？大家只是

来看一潭水，三面被小山围裹住

仿佛正倾倒着的水碗

重复的游戏，小时候

我就是如此，并非真的积极

常常是三分钟的热度

并从中看到自己和别人的差异

你却满不在乎，坚持自己的角色

水面感受重量的方式

虽然是我们熟悉的，可我们的鞋帮

还是急切地躲闪着，多么徒然

我们置身水上时，也好像

把某种情感暂且托付出去

这漂流的行动就是证明

本地农民的撑排技术

也和我们的漫思合拍，虽然有人

还在枯燥地谈论着诗歌

把会议上嚼烂的话题连同烟圈吐出

我不擅长于倾诉，但我

的确热爱倾听，那如同水的承受感

曾让我陶醉：我以手划水

把足尖挪向竹排的边缘

还试图品尝湖水的滋味呢

导游小姐的音调简直是全球化的

她真的把流水的声响

和不同湖段的水温差异一概削平

就像湖水刷洗粗糙的卵石一般

我们也加入石头收集者的队伍

旅途总得制造些情节、插曲和波澜

比起那些需要细心观察到的

人为的停留，新花样，刺激性的高潮

原来分配在节目单的最后

还来不及做好心理准备

就得面对小小的起伏和障碍

以及那最快乐的一冲

我注意到：船工们细心的酝酿

撑靠的分寸，还有一瞬间的欢乐

表情，衬托了一座人的惊悚

游兴并不总是表露无疑的

更多的人是体力消耗和换一个空间

只有内心真正的清闲者

才会带一堆并不想留作纪念的五彩石块

与湿湿的裤腿离开

阻
滞

——对电影《Heavenly　Creatures》的一种诠释

1

"人生是多么漫长啊"，褒琳在狱中

给我写信，尽管她从未信过

我还能够读到它。我们

刚满十六岁，这样的感慨

并不切合我们对未来的设想

童年只是秘密的一部分

这是少女时代我们才认识到的

而我们生命的全貌尚未展开，像一卷图纸

我们在共同规划时，那永恒

的幸福，就被安置在最里头的

一截，它无比遥远

适宜我们奉行的快乐原则

尽管在他们看来，我们早已透支了。

那时候，我们只觉得幸福太多

而长久的欢乐就必须安排

在我们生命的尽头那一段中

好像幸福本身具有飞速繁衍的功能

"这也符合教科书上的暗示"

哦，聪明的褒琳，她解释说

一面快速拍闪着她的睫毛，像雏鸟

练习飞翔那样急切，深怕带不动

自己丰满的身体。"我可不想放慢一些"

她嘴里却这样嚷嚷着……

2

但如今，褒琳说"人生太漫长了"

这是否意味着她已失去信心

而这，是否又能说明：她悔过了？

对我们的过去？当我咳出鲜血

先天性的肺病提醒我：上帝警告我们了

褒琳却放声大笑，像她嘲弄愚蠢地

陷入多愁伤感中的女同学时那样

我差一点就发怒了。"傻瓜，我倒宁愿

把它看作是上帝对我的考验"

褒琳补充说，"上帝是仁慈的

更是严格的，为何我们内心存有

强烈的自我怀疑？"这证明上帝就在

我们心中，而我的疾病，天哪，只不过

是我自己推向褒琳的一个礼物

"我准备好了"，褒琳平静地说

就像绅士们决斗前朝对方扔过去一只手套时

所说的话，接着，我的痛苦开始了

但也开始了更伟大的幸福

安慰和爱从来就不是从父母那里领悟的

虽然爸爸请来最好的医生

妈妈也因此满足了我

几条过分的愿望，其实她也知道

那不过是我故意提出来的

她是多么善于利用时机换取

那表面看起来完美的爱啊，就像她的偷情一样

3

而褒琳从来不利用什么，她爱我

总是先从我的角度看待这爱情

她试着解释我们的生活，好像这是她

来到这人世的唯一使命

"在天堂，本来没有我们的位置

可上帝并没有规定爱的形状

爱是属于灵魂的事情

只有当但丁明白了这一切之后

才能赢得贝雅特丽齐的垂青。"也像这样

褒琳令人信服地把我的疾病带走了

——这是他们不能理解的秘密！

他们有足够的力量对付我们的饥饿

但他们永远不会说："好吧，你们渴了就饮

饿了就去厨房，如果你们困惑而犹疑

也可以铺开洁白的床单"

4

"人生的确太长了"，在一个词

像一把锈锁那样被撬开之后

我们的庭院就被占领了

入侵者的性情向来如此：他们毁坏

他们践踏，他们把我们的世界

作弄成他们随心所欲地构想出的残败图

好满足胜利者对站立在废墟上的

纪念碑般挺直的身影而产生的幻觉

褒琳和我的美梦就是这样被毁掉的

他们也顺便毁了我们的过去

手段简单多了，只用一张纸，上面排列着

几条句子，如同布下一个神秘的战阵

"褒琳与她的女友发生爱恋

为寻求与其长久相伴的生活，杀害了她的母亲"

5

"人生够漫长的……"褒琳在暗示

我们无须用余生忏悔，我们经历了考验

当母亲痛苦地哀叫着倒在血泊中

一瞬间，我们就撞上了自己的命运

但不是将来，而是过去的

时间像邮戳那样，在褒琳的日记上

响亮地拍出了它的判决："苦难刚刚开始"

——"姑娘们都准备好了吗？"

我们排演过的戏剧，我们写过的长篇童话

其中都有这个情节，像合唱中的歌词

插播着上帝对此的评语："请站出来！"

于是，从我们的身体里诞生出

那些无畏的勇士，我用灵巧的手指

把他们揉捏成一个个剑眉朗目的青年

褒琳则给他们任务，派他们去厮杀

或者，在那些美好的夜晚，代替对方

进入我们的身体——

这就是自我包容的爱情，爱对方

就是爱我们自己——当我们双唇相触

我理解了褒琳的期待：不必

通过爱一个男子来证明我们是女人

也不必通过鲜血反衬爱的杂色，更不必

通过分类学和等级制设计天堂的楼层

6

"人生何其漫长"，褒琳简短的来信

要使我相信：我们已走到了信念的尽头

当幸福被安置在极端，爱

就是纯粹的生死问题，是哈姆雷特的两面性

当我们用余生回味那永难枯竭的爱

是否痛苦得想要感恩？

哦，痛苦也能养育我们的意志呢

"我悔恨……"，这样的话

褒琳终于没有说出来，但那不是

对侥幸的放纵，也不是延续一种怨毒

（那还不一样是他们的判决？）

相反，它是一种表白："我们终于懂得了……"

但他们究竟在想什么？判决的意图如下：

把褒琳和我隔开，今生永不得相见

可这究竟是谁给予我们的最后考验？

我们能够设想，在我们安排的幸福泉源的尽头

插着一个标牌，上面有一行模糊的字影

"关于爱，你们已知道得太多！"

它既像威胁，又像诅咒，但更像一句赞叹

变形记

我外婆说她年轻的时候躲鬼子

和她的兄弟们一起跟着他们的母亲

他们往五月的油菜地里躲

他们往朝北的河坎里躲

他们往无人光顾的破庙里躲

他们往闲置的车水棚里躲

草垛里、坟场边、竹林和暗渠

平原上能够藏身的地方真的太少了

但哪里荒僻哪里就有他们的行迹

我外公说他有一回来不及跑

就跳进一条小河潜着水

一袋烟的工夫，还是一炷香的时间

他才敢从水底爬出来

我母亲小时候跟着她的养母躲反动派

她们藏身在一户穷邻居家

那户人家的房子远离村子的中心

一间几乎倒塌的低矮草屋里住着老两口

我母亲眼中反动派白衣白裤刺刀闪亮

她是个好奇的小孩

在危险中也敢于探出脑袋看看这个世界

他们在讲述时我就脑补了那些场景

她们东躲西藏的模样，有的一往无前

有的不断回头，有的一边奔跑一边祈祷

有的鞋子掉了一只都不敢回去捡拾

有的那以后不断做着相同的梦

甚至连我的逃亡之梦也与此有关

我躲不知名的危险

我躲面目模糊的追踪者

我躲内心里的懊悔

我躲一切让我无法面对的

在梦中，桥梁断裂，悬崖当前

最后关头，我对自己说

好吧，我是一棵树

一棵树，一棵树，一棵树

在悉尼起伏的道路上（组诗选三首）

悉尼塔

——为 Jackie 而作

异国风情，有人爱

也有人迟钝……筒状电梯径直

将我们送上三百多米高的塔顶

与我乘过的电梯相比

仅在于速度更快，我的心脏

感到了失重的一握，但也只是

瞬间的事，瞬间的差异。

塔顶宽敞的大厅，使我想起

曾经到过的某家图书馆

一间过分空旷的阅览室，也许

只是在梦中见过，又有什么

关系呢？四周摆放着一些

高倍望远镜，使得这里有点像

过时的天文台，或荒废的

军事基地，只能供游客

瞭望几眼远在天边的科学史

或近在咫尺的战争新闻

——这些破碎的错觉当然帮助不了我。

从这个高度，漫不经心地俯视

也令我记起幼年时

父亲为我制作的万花筒

那缤纷的纸片永不重复的组合。

而我的朋友正安静地踱着

唯恐惊动脚下的世界：城市与人流

像一条蠕虫，光阴正用它轻柔的

隐形步履，富有弹性地向黄昏挪近。

从一架望远镜的眼光中

我捕捉到不远处一座大厦内

许多窗帘是拉上的，更远些

海湾上有移动缓慢的船只

被趋近的高层建筑物挡住下半身。

——我不会深究这些细节，因为

海湾对面，"五十年前根本

没有那么多房子，全是森林"

现在看来，一片片红色的屋顶

就像现插上的胜利旗帜

使那儿成了一块文明踪迹的地理标本

而地方志也乐于记载人口繁荣。

我的朋友正为她国家的环保状况

担忧，她热爱大自然

陶醉于西南威尔士画廊

一幅描绘百年前该地区风景的油画……

而我们身边坐着的一对情侣

正沉醉在拥吻中，他们很可能

把这儿当成了一处居高临下的

幽会地点，幸亏这舞台的意义

是象征性的，作为观看者

恰好赶到这儿的游客们或许

帮他们加固了爱情高于尘世的认识。

现在，目光转向一幢别致的

大楼，它是对书架样式的仿真

与放大，好像这里恰好是悉尼的

一间书房。正对着我们的外壁

分成好几层，由几排大书填满

在其间，我找到了一部辞典

一本劳伦斯的小说集，我的朋友

则发现了一本俄罗斯旅行指南。

天色渐暗，书脊上的字样也快看不清了

另一些不知道名字的书

正从内部透出童话的亮光。

从另一个方向，我的朋友

要在天黑前找到自己的家

这已不太容易，但她成功地

发现了悉尼大学，我们一起

探查了学校前面的草坪

发现有人正从草地上走过……

哦，这偶然的窥视算不上

某种见不得人癖好——

作为一个话题，我们借以发挥

谈到距离感，人类的渺小

以及敬畏大自然的必要性

最后，我们庆幸塔顶这个高度

所延伸的一切，使我们陷入

沉默。——"你感到厌烦了吗？"

——"不，当然没有。"

沿着塔顶大厅的弧形边道

我们已转了好几圈，坐下歇歇

猛一回头，外面已是黑夜

由灯光和星辰构成的世界

在眼前铺展开来。扑面的夜光

似透明的流水，而黑黢黢远处的

建筑物，仿佛满缀珍珠的幕布

起着遮挡我们视线的作用

谁能说它们不美呢？一组组

窗口亮起了灯，与天边的星群

呼应着。一时间，我忘记了

自己是在地球的南半边

塔外的一瞥使我一阵晕眩

感到故乡伸手可及，而一架夜航飞机

也像人造地球卫星似的

将我童年记忆中凝望夜空的镜头定格

快乐，或吟游书店

——为 Tamara Jaca 而作

橱窗内琳琅满目，色彩斑斓

布局则和杂货店异曲同工

这是否隐喻着古老知识

和现代装潢嫁接的双翼

怡然飞出了全球化的英姿（影子？）

哦，庄周的鹏鸟也要胜任

新人类的梦想。

这是一家名为"GLEEBOOKS"的小书店

根据 glee 的本义

我把 GLRRBOOKS 译作：快乐书店

也可以摹仿"GLEEMAN"（吟游诗人）的构词法

将它译成：吟游书店，似乎添了点

诗意，哦，我们内心的快乐无须修饰

我们过客的命运更难抗拒——

在我们的向导中，罗比和你

带着难以形容的审慎，领我们穿越

起伏的马路。在路口，入乡随俗

我们自己控制街边的红绿灯

当一辆辆汽车停下来，让我们通行

我几乎理解了文化差异的某层涵义。

步入一条小街，两边分布着

饭馆、网吧、电脑公司与杂货店

——那时我并未预见到，日后

我将去对面一家日本餐馆

吃饭，到一间中国人开的网吧

给北京和柏林的朋友写信

我还将偶尔走进一家杂货店

听来自北京的女店主和她的母亲

对我唠叨这里昂贵的房费

而特里斯班的风光是多么美

——"比悉尼更美，你该去那儿旅游"

——但我可能更喜欢这里起伏的道路。

沿街门庭清秀，店面招幌醒目

傍晚降临，在"GLEEBOOKS"的门口

一行人鱼贯而入，仿佛被一条鲸鱼生吞

而我是否曾像皮诺曹那样，滞留在

母腹中，苦闷于找不到成长的出口？

肋骨状的木质楼梯，发出梦中的

模糊声响，当我登临时

那陡峭的进度令我记起

某位伟人的一段名言，多少少年

曾将它当作座右铭，刻意地

按照它的尺度设计自己

那不同于他人的别致未来。

"在科学之路上，没有坦途……"

所以我得爬楼，屏息，蹲在

整墙高的书架前，俯首，读串串

扭动的外文，分辨那些陌生而熟悉的名字

坐在地毯上，定神，肖邦的音符

绕着书脊飘舞……你走来

举出一本诗集："这是我

喜欢的诗人，推荐给你——"

而这也是我喜欢的色彩

像剥开一件礼物的包装纸

我翻开诗集，飞出纸墨

的香气，而诗行像开列的

队伍，等待着检阅的将军

当我用手指轻轻拂过

那拖曳的沙沙声，仿佛一丝丝

细声细气的表白，把空中散落的音符

——抱住！

哦，迷宫的气息抓住我

这是夜间营业的书店特有的气息

随着疲惫的眼睛深深地眨动

明亮店堂里的事物格外醒目

你微笑着走开，像一个果断的决定

在快乐或吟游书店的二楼

在回忆中，我庆幸自己可以看得更清晰

乌鸦的断章

一

乌鸦，在悉尼

是一道出人意料的

风景，它们喜欢惊扰一切

看起来与它们无关的事物

寂静的城市，像一只巨大透明的口袋

被海风吹得鼓胀，漏气的

宽阔街巷，偶尔有行人

擦过坚硬的路面，像提前掉落的秋叶

一只过路的猫，步速更慢

但汽车用刺耳的呼啸

通报文明的加速度

而乌鸦，这大自然的古老传媒

要发布它们对现实的评价，早晨

它们中的一两位冲进我的睡梦

高声提醒着异乡人的困境

它们饶舌的声调是否暗含着讥刺

或正提示着每天不可琢磨的命运

——梦中的美杜萨是否映在盾牌的铜镜？

二

我曾在悉尼秋天的清晨里凝神

友人邻家的狗吠，汽车的引擎

像一颗急躁的心

狂热地投入自己的紧张里

花园里两只追逐的猫，归于

早餐的细碎安静中

哦，乌鸦是否也曾谈论过这一切

用撕扯布片般的喉咙，它们的大嗓门

有着闹钟般的严峻，仿佛

用尽了全身心的气力，震动

明亮得发硬的空气，阳光发出

嗡嗡声，回声荡漾在澳洲大陆的鼓面

鸦声委婉，抖落时差和记忆错位的碎片

它们硕大的身躯，藏在树叶间

如同自杀者的丛林中探出的幽灵

三

乌鸦，在悉尼的天空中

曾经惊动过这位旅行者：我抬头时

枝叶显出欺骗者的镇定面孔：

忘记童年，忘记书本上

得来的知识吧，关于那些传说

石头也曾为之动容的歌手

到过这里，与它们照过面

如今，我那美杜萨式的头发被剪去

变成辛迪·奥康娜的影子

而我内在的声音，可曾嫁接到枝叶间

将一个自杀者可靠的记忆绑缚其上

它们悲愁的面孔是想象出来的

如果那动人的歌声打动过我

我也就是另一位奥尔弗斯

是石头的双重性，是沉重和空灵

四

乌鸦，在悉尼的天空，跨越着

太平洋无边的魔境，击穿

我此刻的梦想，它们的翅膀

必须承认，我能够记起

并可以用习惯解梦的手指画下来

在黎明的床单上，划下残梦的印痕

哦，当它们滑稽的影子斜刺里

扎向波涛，我相信，从前，一个少女

曾经拥有过的气力，也在飞翔中

积攒过石头的重量：我举起过它们

投射过它们，我用另一个名字

完成过自己的生命

而称之为使命的，铺展在

羽毛的层叠中，掩映着乌鸦的头形

纽约即兴（组诗选五首）

散步至中央公园

布鲁斯的天空，流云的节奏

高树都变了颜色，在寒秋的演奏中

枯黄的叶子铺成几块地毯

那分割也严格地遵循了城市规划

中央公园宛如曼哈顿的客厅，我们的步伐

则是秧歌式的，"再慢些"，你说。

松鼠忙着增肥，细鸟寻觅草穗

只有鸽子们，它们等着我的面包屑

我们赶往一片湖水：那里，有慢跑者

精心计算小湖的周长。午后的太阳

目睹了好几拨人，它笑着，闪亮的泪水

冲洗着湖面上一小块残妆

小湖今天的约会泡汤了，当你赶到那里

她丢下一句话：请回吧

蜗居

暖气太热了，你无从猜想它

是从哪个孔洞里钻出来的

倚靠在大窗下，带排气槽的金属箱子

是否适合居住，它是我们

这套公寓的缩微版：说着外国话

隔着墙，邻居们严谨的作息嵌入你的生活

适合此国动物居住的屋子

竟然也适合彼国的我们：白天，带警笛的

汽车呼啸着驶过百老汇，最终我分辨出

它们的四种来历：医院，警局，消防队和建筑公司

而我们的楼管何塞却坚称：这里多安静！

当他为我们堵好老墙上的两个大鼠洞

没错儿！老鼠们整夜在地板下磨牙

防火梯被风吹出金属的乐音，它们的确很轻！

方向感

诉诸于想象，诗歌有两种样式

我说：我看见，我站在地球上

你答：你在地图上找着了北方

有树，还有太阳，我说。你答：

水是蓝色块，公园，一片长方形的碧绿。

但其实你的回答也只是我的猜想

当我写下这首诗，我省略了你的言语

习惯于按图索骥，此图不包括地下

地图上，曾经被毕肖普写下失去的诗

但我们热心于发现，那地图上的无

每天同一时间，一位乐手出现在时代广场地下

人流汇成了地下河，水波伴着刹车

而音乐，恰似一块暗礁

把这里，谱成曼哈顿岛节奏鲜明的心跳

在地铁四十二街

在地铁四十二街，人流的漩涡

那些流浪艺术家才是航标，或暗礁

在地铁四十二街，无足轻重的人们漂游

那位用自制乐器演奏的黑人才是支柱

在地铁四十二街，身涂白粉的女艺术家
优雅地把微笑保持到最长，她练习着安静

在地铁四十二街，低低的天顶在地下
一支乐队的即兴曲就像穿堂风

吹凉了你压抑的思绪，琴键似的台阶
与鞋底，合奏着曼哈顿交响曲

在地铁四十二街，那位大提琴乐手或许来自中国
他把梁祝演绎得像一眼水井

那个跳下去的人不为畅游，而想沉溺得更深
在地铁四十二街，每个人都是蝌蚪音符

风袜

——为殷海洁作

弃用的港口仍会停泊轮渡
那些支出水面的木桩，像是海湾

被分隔出来的一间卧室，床脚探出
托举着看不见的风的床褥

是的，无形无影的风有这样一具卧榻
也算合乎自然的逻辑。当夜风睡在海湾上
她将褪去霞光的衣裙，瞧，一根原木上
栖着饱餐后海鸟一样悠闲的风袜

海湾鼓荡的呼吸里，夜的潮汐涨落
梦着远方的梦，看不见的被单裹着她
当你的海魂衫被激烈地扯向海岛的方向
你仿佛领会了内心，那即将光临的爱的风暴

她裹挟着你，从伦敦到纽约
她裸足跑过，悄然间，你感到离自己多近

反肖像

她随手拍，透支将来，挥霍虚拟

她有白日梦收藏癖，她席卷她视野所及

她给想象加滤镜，为现实和情欲调焦

令死亡看上去美观些、安静些

再用单调的咔嚓声为风景配乐

内心深处的空旷废墟恰如一部默片

多么简省！微博时代

她漫不经心把卡片机揣进提包

她活埋日常生活，翻译无语

饮用或吟咏丢失的诗意

爱情，永无休止的休止

2

他拒绝照镜子，因为他

自认就是镜子：让世界投影在他之中吧

时代英雄，玻璃是钢化的

脆弱也萌到家。对，他就是他

待价而沽，包括有关他的一切

粉丝团就是他的人民

他为需要而活，"来买吧！"

他咒语般从头到脚冒着热气

写字即烹饪，更新，意味着美味

他懂得如何叫食客们一哄而上，争抢沙发或前排

香精、防腐剂和色素调制而成的他

出锅了，大秀才能、容貌与脾气

当然他拒绝照镜子

他，网络上的道林·格雷

3

尽可能地填满

除了睡眠之外的其他时间

尽可能不去纵深思考

机械点，再机械点

几根指头就可以

用代码和图像就可以

用想象做外挂，升级

成面具艺术家，有限复制的 ID

瞪着各种屏幕看

就为证明：是否真的失去了那个人！

死在午夜降临前

这里是车站

是出发和抵达之所

通过它

连接了家、恋人、一份工作、休闲和友情

这里是开始而不是结束

这里是期待而不是恐惧

这里有很多人，陌生人

也有家人、结伴的旅人，以及即将相识相熟的

　　朋友或恋人

这里人们带着行李

那些他们认为属于自己的一小部分必要之物

干净的内衣裤，折叠整齐的衬衫，包在塑料袋

　　里的鞋子

挤在箱子里，为了继续被穿戴而准备着

一件礼物藏在衬衫下

提包里有带给孩子的巧克力

手机里有恋人的照片或视频

云端有刚刚去过的景点的风光

他们感到满满当当的

甚至有些沉重

对于旅途中的人来说总是会有这种感觉

他们来这里时已经接近午夜

他们中的一些只是在等待出发

另一些则还需要一段时间

决定何时出发，哪条路线更合适

这些不能完全取决于他们自己

他们都身在秩序中

也创造一种秩序

他们身边的陌生人也跟他们差不多

他们会友好地等在你后面

或者不经意地跟你搭讪

看你是不是去往同一座城市

或者干脆默不作声

仅仅表示他们认可自己等待的处境

他们只和自己熟悉的人交流

他们手机不离手

他们的表情也只和微信的朋友圈有关

那么他们在这里吗？

又有什么关系呢？

这里是车站

有关过客

就算是个隐喻

又有什么重要的呢？

他们不会费心去想

关于身边的陌生人的一切

关于他们有多陌生或疏离的根源

不会联系到那种莫名的恶意

会波及他们自己

当砍刀离他们的身体只有一毫米

他们也不会认为是来自仇恨

或某个理念或国家政治或恐怖主义

他们本能地躲闪、奔逃时

也来不及去理解这样一种暴力

和它背后更深重的冲突

他们的死亡只成为矛盾放大的图像

刽子手和他们在这一点上重合了

这可能吗？这是亵渎吗？

鲜血、尖叫、倒下的人、散落的行李箱

离出发仅仅只差一步

离抵达仅仅只差一晚

2014.3.2　闻云南昆明火车站暴力事件后

女性五人诗

海 男

生于云南永胜，出版诗集有《虚构的玫瑰》《是什么在背后》等多部，另有散文随笔集，以及长篇小说多部面世。

海男的诗

鸟　　285

雪　　286

乌鸦　　287

椅子上　　288

火焰　　289

围墙中　　290

阴影的对面　　291

上坡者的头顶　　292

复杂的诗歌　　293

颤鸣　　294

继续下去　　295

不慌不忙地穿过街道　　296

翻开今天的报纸　　297

密切关系　　298

问题　　299

我的新宅邸　　300

告别消息的愉快　　301

信中的新内容　　303

麻雀　　304

不能失去生活　　305

尽可能地收敛住呼吸声　　306

我像一只野狐　　307

失眠　　308

霜降的上午　　309

药丸　　310

波浪　　311

堕胎女人的春天　　312

无处不在的瑕疵　　313

确切地说，这是雨　　314

你病了，你的山冈也病倒了　　31

忧伤的黑麋鹿　　316

这些华美，这些灌木丛，

　　这些毫无理由的爱情　　317

善变中的女妖已出现　　318

亲爱的黑麋鹿触碰着我　　319

下午和将来的时间：

　　玫瑰色的时间　　320

黑麋鹿的午夜生活　　321

在澜沧江白昼的纬度里　　322

黑玫瑰色的晃动　　323

当一只黑麋鹿和另一只黑麋鹿

　　开始接吻时　　324

慢板的，峡流穿越的身体　　325

红色的伤口绽放于春天　　326

今天的日子炫目而迷醉　　327

鸟

鸟第一天就特殊地创造了一种滑下斜坡的姿势

接着是鸟扑下去，抓住草上的第二只鸟的一片羽毛

在紧张的空气里，呼吸像一种新树叶

秋后的寒冷来了，剪掉指甲去看鸟

鸟在石阶和城市没有出路与前程

鸟就死死地缠住每一块地方，准备否定

再否定……再否定

鸟的眼睛只有一种选择方式，那就是扑上去

以后，就看不见鸟的飞翔了，作为鸟的伙伴

以前一个观察鸟的主人，鸟就形成了高大的建筑

鸟的大粪便使几千年的孤单和树桩都死去

大量的腐烂，尽快的腐烂

雪

镜子作为制作者也作为时间者

我数着第一个拇指后面的小手指

山上的大米黑下去，尽快掩藏，尽快地藏起孩子

孩子作为反对者被藏起来

我藏起他们的脸颊、小鼻子、大眼睛

我藏起他们的嘴唇不让他们开口

天啊，雪在桶里，雪在井栏上，雪在水沟

雪啊，认真地滚动，继续滚动在脸上、腋下和路上

雪啊，雪反对的是我的母语

雪啊，雪坚决反对我的父亲

雪啊，雪推动父亲的死和母亲的生

雪啊，雪阻止张开的嘴

乌鸦

古怪的黑楼就在前面

城市有一座黑楼就足够了

乌鸦要跑，盯住它，谁敢跑在乌鸦的前面

我要把这句子盯死，像口哨那样赶出去

遇上这座黑楼没人居住

我赶着乌鸦住进去

几十层灰和蜘蛛

乌鸦被我赶进屋子里是在早晨

人们用淘米水和用井水的时间

从此，乌鸦就住进去，我住旁边

在隔壁敲敲玻璃，乌鸦，乌鸦，好乌鸦

黑乌鸦和黑乌鸦

椅子上

椅子上决不会出现第二个人的背影

我的椅子只会出现少量的灰尘

在我椅子挪动之后看到对面患白血病的少年

诗歌，像钳子，及时地帮助人解决困境

但我的头垂在椅子上时它就太沉重了

椅子上有时会承受我新换上的大衣

诗歌，我处理音节像剪断一节火焰中的线路

我困时会将头靠在椅子的顶点

椅子不会轻易动摇，除非有一天地震

以及洪水突然到来，诗歌和椅子

看着我的脚和手臂挤压、碰碎

椅子也随此老化，随着时间彻底灭绝

火
焰

火焰吓跑了少年，火焰烧坏了屋宇

仿佛要淹没这座城堡

我用最大胆的野心试着看这片火焰

从楼梯口钻进纷繁的火焰中

没有成片的树木供这些火焰燃烧

火焰在尽快地焚去虚荣和牙齿

到半夜，火焰之外就只有一只鸟

鸟儿飞不过的火焰，飞不到其中的火焰中去

我看着火焰冰冷的时候

二十多年，我仍然看着这雪及火焰

我用最大胆的勇气叙述这片火焰

火焰在封口，在错乱中灭寂

围墙中

围墙中的诗人，现在脱去大衣

在这无雪的冬天，诗人害怕面对一个从围墙

那边来的人，以及一只在围墙中飞翔的鸟

黑暗，浓密得像某个黄昏遇见的修女的背影

某年深夜飞行的一只夜莺的眼睛

某一个冬天吓死了的病人身上爬行的老鼠

某一个中午突然袭击自己的乌鸦

黑暗，用尽了无穷的力量

将诗人包围在一片围墙的安慰中

诗人开始脱去每一年的旧衣服

在冰冷的影子中，诗人伸出手，黑暗爬上来

爬到诗人的鼻孔和肉体的内核

阴影的对面

冲动，我想破坏这座天屏的顶端

现在剩下这仅有的冲动，对付我走出去后

不期而遇的傍晚，我决心对付它们的颤抖

绿树叶摇着树桩，天空抚慰着谁

天空，天空，很少有这样的纯净

也许，我要睡觉，我要制止喷泉

夜晚，少有的景色，从处女到一种比喻的局面

鲜花很早就开败，我要对付的就是这些麻烦

对付一个妇女对我的猜测、疑问

美丽、肮脏，以及我从未看见的诗歌

对付一群出色的鸟，始终飞过群山

神在眼前出现，我对付我阴影的对面

上坡者的头顶

用坦白的声音说，然后，在一些上坡者的头顶

看上去，衰老者最像我父亲死去的谜

我停留了夜晚，赌注和牺牲

我的孩子固定在山顶的草滩上

被人类的智慧误解的孩子

从此不会露面，不会说明低劣的黑暗和雨季

我对一些白色液体的印象已经抽象

我十分坦诚地浪费过时间

追溯的苦恼加剧了白昼的法则

是分类、认识，反映黑暗的法则

我十分坦白地告诉孩子

不要抬头看见他们的母亲

复杂的诗歌

几个月时间，树叶就一片片的

大面积地被风吹断，尽管我努力设法避免

树叶被风卷走的可能性

树叶仍然侮辱人的意图和愿望

透过我动摇的时间，在极度劳累的情景中

看着树叶的危险性远去

它的疯狂安宁，我体会到树叶动摇了我

对一道帐幔的热爱

对那种制造和支撑着干燥的传统和风俗的热爱

树叶，它清楚地知道激情已丧失

树叶的失败是不可原谅的

我承认它是一首挽歌、一首复杂的诗歌

颤鸣

同意这种瓦解，而且突然又落雪了
或者可以这样说，时间已经考虑到了将来
整个将来都可以是一头野兽
我无疑喜欢看那头困兽

沿着金黄色的坡度往下滑
预感到整座房间里的镜子
一小时一小时地过去了
金属的味道，盖着一层灰色的嘴和眼睛

桌面上讲汉语的那张面孔里的幼稚
仅仅一个偷走自行车的人
就可以使你肉色苍白、软弱无力
而且是面对白昼，越来越微弱

继续下去

鞋子在一间房间里是那样小

它就在床下，拖鞋、布鞋、皮鞋

他身穿衣服，仿佛在一定的日期

一种机智的忍耐力，使他的面孔出现在

一种特殊消息的谣传中

他继续选择一双鞋在公共场所露面

可以凝视着他的姓氏，开头字母

就可以拼写成一种不慌不忙的吹拂的风

一瞬即逝的阳光，照耀着浑身松弛无力的他

他滔滔不绝地讲述

一条河流既迫切又令人厌烦的

发生转折的地点，而他的鞋子却禁止入内

不慌不忙地穿过街道

为了平息幕布上一块电影的刺激

这里的观众们冲向街头

他对无耻的刺激的理解

就像将一棵针紧密地插进了自己的肉体

肉体需要在漫长的三公里之外伫立

他对诱拐的刺激的理解

仿佛 1995 年 2 月退居在一些隐隐的黑影中去

他对自杀刺激的理解

恰好这时候写满了文字的书籍朝着同一方向翻开

街道上拥满了一些锈迹斑斑的双手

那些亲戚的脸、仆人的脸、朋友的脸

都在经历着，并且鱼贯般穿行

翻开今天的报纸

澄丽的星期日已经被鸡尾酒染红

那只杯子已经超过了最起码的准则

我现在翻开的晚报，在推测着一根颅骨

在哪里撞碎了另一个人的颅骨

而这些酒吧里冻得麻木的四肢

已经习惯了慢慢地一行行地阅读

是谁使那场车祸中的血液变红的

是谁占据了一个时代中的一件什么东西

邻近的一个窗口只有一个人是灰色的

而晃荡的一杯鸡尾酒很有可能是一种土褐色的

危险，而危险又能使我们明白什么

闭上你的嘴朝上看一看，他穿一件白衬衫

密切关系

早已有一种准备

呵，准备，进一步给那只提箱里

装进一件衣物、梳子、那个人物的肖像

风围绕着他的袜子吹，风吹进去

风既卑屈又傲慢，吹起了一些纸屑

那堆垃圾盖满了一个角落

随着树叶轻微的摇摆

随着子弹擦破了其中的一张网

另一片葡萄架埋在他们的身体之间

你到底是轻巧地翻转还是沉重地答辩

从一根树枝过渡到另一根树枝

从火车站迅速地瞥见他老态龙钟地打瞌睡

问题

离书林街我的那间小房间到底有多远

他们上半身的黑影，他们的混血儿形象

他们投下一团黑影之后，延长了一公里的路线

他们之中的另一个人认识我的名字

我草帽上的阴影，我勉强接受的诺言

我谎言状态之中的一匹马

我就是在一层赭石色的路上

约束起一座小房间的那个女人

我叙述这么一件事但并不知道

要浪费多少金钱，要耗尽多少力量

问题才能得到解决，问题才能够

组成叙述的语言，问题才会逐一消灭

我的新宅邸

到时候我的手会控制一片嘘声

找到一个省份，一条河流的全程

找出云南的一个城镇

幻想会毁灭一封信和扼杀一张嘴唇

他们脚下的地面在飞快地后退

出租车司机的方向在相继碰撞

但是春天已经解决了一种看不见的

无法摸到的阅读杂志的习惯

阅读到第三行，我的房屋已经降临

啊，嘴型，刺耳的令人厌烦的叫声

啊，嘴型，欧罗巴的那个女相士的男男女女

我的新宅邸透过了天空猜错了秘密

告别消息的愉快

风度从一件事实的返回中用钥匙开门

他的那张脸带回了一条路上突然难以表达的东西

那块表上的时刻，另一个身材魁伟的男人

同他擦肩而过，为了证明一件事

我与他相继沉默，春天出现了一点温暖

但是那分辨事物的机会已经到来了

但是他的敌人们以一种盲目的

毫无结果的勇气在等待着

我们坐在窗口，居住在城区的一条街上

由于相对无言，我们此刻知悉了

冬天损失的一句话已经重新回来

风度已经决定用火焰挽救一堆灰烬

墨水滴在她们的脖颈上

拧开墨水盖的一刹那化作了

长久对墨水的认识，今天是一个春天

墨水将在生动的视线中流淌

墨水比呼吸更加稠密

谁在说话，他们靠近窗口
迅猛异常但富有耐力
他以平常的声调说：时候已经到了，你看那些人
而我正在拧开墨水盖

每月一次，老太太们正改变姓氏
她们的银手镯像一个金色的圆轮
我使用的墨水滴在她们的脖颈上
现在，除了墨水之外，从来没有一个人朝后移动

信中的新内容

他写道：1995 年 2 月 21 日这一天

一封家书已经抵达那座邮局

用以占据那片墨绿色山冈的农场

正邮寄在一封来信中，文字照顾着

夜幕平静地垂降着的气氛，因而没有谣传

他写道：许多年以后，那匹疾跑过风中的

我的马匹会给你载来三四箱彩釉陶器

一切都是最好的，包括我的顽固性

使你的镜子受挫后的水晶色反光

他写道：当然，今天这样的日子

你得忍耐，对此，我已经有力量

去对付那头冷漠、哀伤、沉重的困兽

麻雀

我写的麻雀是一群扰乱了
秩序的、颜色各异的飞鸟
通常在这个时候，电影院里沉寂的银幕
已经出现了杀手，而马桶里的粪便

正在经过下水道，于是麻雀飞来了
这不是一次历史性的活动
零星飞散的麻雀使一本暗淡的小册子里的文字
变得惊恐，橄榄树和石灰岩逐渐出现

我写的麻雀正在飞越烟熏黑的砖头房子
大量的数不尽的耐心和麻雀的羽毛一样
抑制着狡黠的欲望，替代了低沉的声音
当我抬起头来时，一切变化已经得到了论证

不能失去生活

我已被淬火压缩为母语，那些碎片或花粉
纷扬起来。类似挂在钉子上的草帽
雪白地在飘动，直飘到一个牧羊人的头顶
这是空气和呼吸者的证明：我活过来了

脚踝正颤动，犹如颈在伸长
绵延在空气中的牛羊粪味道
使我呼吸急促。我一步一步地挪动
这是最永恒的方式，我不急于追逐猎物

这是容器中的落日，它落在最底端
雪白的草帽依然在纷扬中缓缓飘动
这是新鲜的草甸子、野蘑菇的家乡
不能失去生活，这是我沉溺于母语的时刻

尽可能地收敛住呼吸声

尽可能地背转身影，我缓缓地
在一只盐罐中，用勺搅动着咖啡色的夕阳
盐，确实是好东西，是除了嘴唇之外的品尝
它的雪白和入侵的方式特别令我感动

入秋的雨丝慢慢地周转着，洒在了
积木式的房间里。内衣和外套相互抚摸的时刻
像是往昔中的一次爱情
那次爱情毁灭了炉火化为灰烬以后的谣传

谣传你一次又一次地死去又活过来
这并不是奇迹，而是你在寓言中存活下来的理由
你的牙齿你耳朵的疾病，你失眠的嘘声一片
尽可能地收敛起呼吸声，让我减速了赴约的节奏

我像一只野狐

再试一试我是如何变疯的
系着腰带的影子，猛烈地迷失在广场
或者西南方向的原始森林地带
就像被一只野狐训练出了狂野的技能

利用爪子去触摸，利用皮毛去温柔地碰撞
利用牙齿隐藏带毒的语词；利用血液和骨头间的
相互疼痛做出伪证；利用手、脚、颈之间的纠缠
然后再利用一只野狐完整的身体去跳跃

我是时间，我也是时间中奔跑的狐
这是我狂野的一刹那间，因为赴约我会
失去将来的生，我在你面前变疯的时间越长
我就失去了返回原始森林地带的时间

失眠

逐一地剥开夜色弥漫时分的外壳和内陆

在剥开的外壳里，散开的松籽味儿

像是长出了翅膀地在弥漫，这是香味或狐的味道

这是鱼儿求生时潜入池塘的味道

在触摸到的内陆之间，被挟裹在其中的

必定是呼啸着的子弹，它嘘一声出世

它完成了呼啸之后失去踪影。在一双手的内陆中

我的脸，比任何一个暗夜都显得暗淡

越来越多的挣扎声渐次地灭寂以后

枕头在飘忽不定的地方下沉，身体也在下沉

在剥开的外壳和内陆之间，火车轰鸣起来

犹如震撼者的耳朵扇动起来扑灭了夜色的弥漫

霜降的上午

霜降来临的上午，我穿着玫瑰色的外套
出现在露台的三分钟内，我眺望到了
火车的烟雾越来越远地消失在凋零声中
三分钟内，我站在露台上抵御了敌人的入侵

我的敌人，一个潜在的嫌疑人；他的黑风衣
从北到南，依次递嬗过来的危机四伏
从一把扬起的匕首中让我看到了动人的外貌
他的外貌像匕首的历史，铭刻着一次次的杀戮

在有限的三分钟内，在霜降的上午
我要潜回卧室，我要把箱子打开合上
我要在三分钟结束之前死去
我要变成箱子中的秘密没入荷马时期的大海

药
丸

你可以试一试这些黑色的药丸
我试过，并且试验过很长时间
它来自滇西，这是我生长之乡
也是我身体脱颖而出之地。你要相信我

你要相信我的失眠症，与你有着十分类似的
黑暗、探索、焦虑。你要相信
我是你的同谋，是你枕前的影子
很长时间，我一直通过药丸驱散开黑夜的恐怖

它解决了漫长的失眠症状。所以
亲爱的人，此刻，我不希望你飞
我不希望你变成孤单的鹤在飞翔
我希望这些药丸魔法似地把你笼罩在其中

波
浪

波浪相连处，堤坝敞开了

我探起头来看了一眼你的背影

秋天的萎缩期，已经把我变成了一只虫蛾

堆集在胸前的一朵朵乌云，承受着无限的耐心

我是一道波浪，对你来说只不过

显示在堤岸之下。无法越过堤岸

正是你我失去了相拥的理由。而此刻

我的头发湿透了，我的两翼湿透了

我的嘴唇、私语舌尖也都湿透了

风在竭尽全力地失去左臂或者右臂的方向

我属于波浪，而你属于堤岸之外的后窗

我在赴死。而你赤裸裸地正在吸收着夜色的灿烂

堕胎女人的春天

春天，一个女人，终于辨别了方向
一条路原来是模糊的、黑糊糊的
像呼啸的泥团一样黑；像喷吐出的词语样坚硬
看不到灯标和路的边缘

而此刻，女人在春天穿过了零乱的发丝
头发乱了，只是一个瞬间；而此刻
她要解决困扰在眼前的累赘
她决定堕胎时，天黑得比哪一天都快

黑黝黝的天空翻滚下一缕乌云
她躺在草垛下，躺在沙砾处，躺在鱼刺下
她躺在大沙漠中央，她躺在沟渠外
春天，她的肉体获得了解放

无处不在的瑕疵

这是瑕疵，这是钻入我们肉体

又从肉体中渗透而出的瑕疵，它的存在

影响过我们的视觉，面对面的审判

它像是着了魔，冷漠，孤傲地降临在我们旁边

空气越来越被秋衣包裹着，被一层层、一点点地

瑕疵，迷人地、膨胀似地送到我们面前

在很陡峭的山道上，我看见它的相依相随

在平缓的边缘地带，它一如温存的伙伴

整个一生，我们都被这个迷人的、妖精似的东西

缠住。我们回避不了这肉身的渺小

我们缠住，彼此抓住，然后松开双手

我们在羞涩之中深吸一口空气

确切地说，这是雨

寒露第二天，雨自始至终地下

飘到后窗、前窗、侧窗。雨淋湿了

身体中的某部分，比如树蕾上的出口或入口处

比如，在枝头，鸟巢变黄了，冬天要来了

我的冬天不会是雪花纷扬

它也许是雷霆之下的温柔，那时候

我用剪刀、涂鸦、蜂蜜、夏花以后的落籍

寻找知音犹如寻找擦肩而过的火车

确切地说，这是雨，它晶莹的程度

使土豆变暗淡；它谦逊地回避着

它的存在，使我的困惑加深了，而马车

就在楼下，敞篷的马车带来了知音和私奔

这些华美，这些灌木丛，这些毫无理由的爱情

在滇西，我遇到了一个男人
他是澜沧江峡谷外种植苞谷的人
他是喷吐着烟雾，锄地修草剪枝的人
我望见他的下巴，那些轮廓可以让我眩晕

这些华美，这些灌木丛，这些毫无理由的爱情
在暮色来临之前，又一次在溪水边
在竹篱右侧，我与那只忧伤的黑麋鹿相遇
它醒来了，带着辗转不息的梦幻只看了我一眼

在我所有的忧伤中，这次相遇
替代我申诉着，我听见了绯闻
关于我的不测的时光中那些跳跃的善变
关于我与滇西相遇中命运的演变

亲爱的忧伤，移走在那些华美、灌木丛中的爱情
多么值得我此生用力去接近他光芒的世界

善变中的女妖已出现

今天，善变中的女妖已出现

她代替我与你在幽暗的峡谷中蜷曲不息

这是临近春天前夕的午后

那些沙哑的嗓带从森林中冉冉上升

替代我前去与你相遇的那个女妖

带着蜂蜜，那是她变幻妖术的涂料

那些金色的蜂蜜一旦涂于四壁

在猝然中到达的死亡也会变幻莫测

替代我与你相遇的那个女妖

在粉红色的屏障中，摘去面罩

她的脸，可以带来蛇的意像，可以剪辑

彩练，可以制止钝器挑衅的战争

善变中的女妖，替代我前去爱你的

女妖。她替代我前去面对那些从沙粒中落下的骰子

亲爱的黑麋鹿触碰着我

在峡谷的底部，雾气氤氲

夜复一夜，又到了我从死亡中复活的前一夜

亲爱的黑麋鹿触碰着我

展开了我四肢，从头至尾亲吻我的忧伤

像是触碰到我的骨头

那些不可以用柔软征服的坚硬

可以在柔软中折断；像是触碰到了我的血液

我像芦苇似晃动，倒地，获得了永恒的再生

像是撕开了清晨的窗幔

那些浓荫覆盖的冠顶多么深不可测

亲爱的黑麋鹿触碰着我

膝头以下的那些纵横出去的诗篇

一天午夜，亲爱的黑麋鹿触碰着我

最漫长的一次长泣，在峡谷的底部

下午和将来的时间：玫瑰色的时间

下午和将来的时间以及玫瑰色的时间

仿佛像一只暗盒，从打开到收拢到关闭

在这里，在暗盒前，我依然是海男

把头颈交织在肖邦的《夜曲》之中

又一次倾听着《夜曲》，雨丝擦亮了玻璃

或者说雨雾蒙蔽了窗玻璃

我迷恋的肖邦，他骨感的面颊

曾被乔治桑用忧伤亲吻过的优美

下午和将来的时间，玫瑰色的时间

亲爱的，将与你绵长的心智结为一体

现在，肖邦的面颊在钢琴中被波浪推动着

那些温柔的手指因钢琴曲而抵御着绝望

下午和将来的时间，玫瑰色的时间

我在一只暗盒中，在萤丝的晶莹中被一切时间所埋葬

黑麋鹿的午夜生活

在漆黑的笼子里，黑麋鹿终于闭上了双眼
旁边的溪水开始奏乐，那些吟唱的唇
晶莹的麦管，替代了长箫插入了星空
从黑麋鹿的皮草衣中散发出身体的味道

黑麋鹿的午夜生活开始于四蹄触角
从黑漆漆的旷野伸展出去
此刻，它的触角多么温暖，多么欢悦
夜晚多么空旷，它的触角就有多空旷

黑麋鹿的午夜生活必须筑于荒野之上
在黑漆漆的丝网之中，幽魂们互相触抚、厮打
那些早已荡然无存的历史突然由夜游者和亡灵
　人开始吟唱
噢，黑麋鹿的眼角突然涌出冰凉的泪水

泪水濡湿了一只黑麋鹿的眼眶
我看见或者说我看不见了这个世界的夜色弥漫

在澜沧江白昼的纬度里

热风在漫天的迷失中仿佛倦鸟

源自一棵甜橙树失明的悲悯中

那个失明的人，犹如我内心失明的爱情

在凛冽中失去了融解于时间的自由

在澜沧江白昼的纬度里

墓群在岩册中已经被悲壮的羊皮纸所湮灭

我看见了亡灵者辗转的心

那些蜿蜒的路，湮灭了隐秘者的遐思

那些路途中偶然再次出世的紫陶

那些被被小松鼠触摸过的花纹

忍住了忧伤，绝不出卖永恒传唱的歌谣

所以，它们在离爱情最近的山坡上将变为碎片

亲爱的，在澜沧江白昼的纬度里

神意的派遣，使我在眩目的热风中忧伤地吻遍了你

黑玫瑰色的晃动

我眼睛失明了，在昨夜
灯柱仿佛从黑玫瑰色晃动的荒野而来
我坐下来喘气，我屏住呼吸的思念
我咳嗽，我默语，我蜕变着

仿佛想潜伏在一只黑麇闪电的肉体之上
那些已经展露的容颜，那些来不及收敛的微火
使我的双眼失明。打开一扇窗
热风吹来了，你今天的消息

打开一道窗，已经来到了峡谷之外
今天我是你的谁，是谁让我们相爱
在每一只晶莹潮湿的容器里
磁铁也来了，像火炉中未溶尽的肉身

一阵阵黑玫瑰色的晃动，多么无奈而震颤
心灵间涌动的潮汐，倏然间扑灭了最亮的灯盏

当一只黑麋鹿和另一只黑麋鹿
开始接吻时

滞重的咽喉终于停顿在慢板的

抒情诗中。在接近澜沧江的峡谷地域时

诗歌如是说：惊心的时刻已经降临

当一只黑麋鹿和另一个黑麋鹿开始接吻时

我们已经离峡谷的底部越来越近

那些被世界遗忘的幽暗孤傲中冉冉升起

当温度越来越潮湿纠缠我们不放时

当一只黑麋鹿和另一只黑麋鹿开始接吻时

草木开始芬芳，在底处的青苔上

薄色皎月穿过了弥漫的江水

当一只黑麋鹿和另一只黑麋鹿开始接吻时

忧伤的潮水穿越了我的胸膛

当一只黑麋鹿和另一只黑麋鹿开始接吻时

泪水的漩涡中充盈着爱，犹如悲悯中的倾诉

慢板的、峡流穿越的身体

因为你，我迷恋上了慢板的韵律

因为世间的纠葛像不朽的歌剧未到尾声

因为瑟瑟的响声中潜伏着凝结的危机

因为暮色又到了拂晓，又越过了百枝凋零的深秋

慢板的韵律，如峡流在穿越中的身体

我的末路和再生被你藏在秘诀之中

藏在用慢板编织的丝网中

如一只破壳而出的黑蜘蛛疼痛地织网

因为你，黑色永远不够浓郁

因为你，拂晓的那些雨丝需要越来越冰凉的倦怠

因为你，惆怅的身躯不能失去伤口的疼痛

因为你，白昼的黑夜，像鬼魂一样游荡不息

慢板的音律，今年冬季的主题音乐

像我爱上你之后的一阵捆绑，像不测的惊雷劈开

  的灵魂

红色的伤口绽放于春天

伤口既然已经呈现在身体中

就可以跟随寂静的午夜去漫游

红色的伤口开始于春天

当我在接近澜沧江一座旅馆中下榻时

春天来了，春天来到了树桠上

春天来到了嘴唇上，春天来到了脚踝之下

春天来到了鸟鸣的背脊，春天来到了绯闻的饶

　　舌中

春天来到了我带给你的伤口之上

红色的伤口开始于春天

当我已下榻在澜沧江边缘的一座旅馆

我所看见的黎明是那样灿烂

我所消磨的时光是那样悲伤

我已经推开了澜沧江一座旅馆的窗棂

流逝的黑暗，哭泣的肉身，像红色的伤口绽放

　　于春天

今天的日子炫目而迷醉

光束开始越过峡谷的又一道漩涡口

左岸和左岸的民间生活

充盈着炫目而迷醉的光阴

那些织着蜘蛛色的妇女们仰起头来远望

今天的日子炫目而迷醉

我替代了那群越过澜沧江中段的妇女

开始言说，那些言之不尽的必是漩涡似的自由

那些被我言说过的必是光阴的游移莫测

她们的身体像水底的合声欢唱

她们带着肉欲和炎症的身体不时仰起头远望

她们缤纷而抑郁的幻觉中涌来了大米和葵粒

她们有时会警觉地环顾四周有没有盗马人的出现

今天的日子眩目而迷醉

石头、小麦、豆荚和水波贯穿成一体

女
性
五
人
诗

王小妮 001

翟永明 049

蓝　蓝 133

周　瓒 207

海　男 283